KB124323

개,
나의 털뭉치 동반자

개,
나의 털뭉치 동반자

한 줄로 이어진 두 영혼을 위한
100가지 가르침

킴벌리 아틀리 지음 | 이보미 옮김

MY DOG, MY BUDDHA

나무의마음

반려견을 훈련할 때 음식을 통한 보상에만 의존해서는 안 된다.

성공적인 훈련은 뇌물이 아닌 존중을 통해 이루어져야 한다.

반려견을 훈련하려면, 먼저 우리는 반려견에 대해 알아야 한다.

반려견이 무엇에 흥분하고 무엇에서 동기 부여를 받는지 이해하고,

그에 맞춰 대응하자.

음식보다 더 나은 보상을 생각해야 한다.

차례

추천사

지난 16년 동안 나는 무수히 많은 문제를 지닌 수백 마리의 개를 상대했다. 그 모든 사례는 하나의 도전이었고 보람을 느낄 때도, 실망할 때도 있었지만 결국 성공의 경험들로 남았다. 그중 똑같은 사례들은 하나도 없었으며, 서로 다른 사례에 같은 전략이 통한 적도 없다. 유일한 공통점은 사람을 '바꾸는' 일이 언제나 가장 어려운 도전이었다는 것이다.

이 책은 반려견 행동 전문 훈련사이자 라이프 코치life-coach인 킴벌리 아틀리가 균형 잡히고 목적 있는 삶을 구축하는 법을 가르쳐주는 최고의 안내서다. 킴벌리는 무의미한 설명은 모두 걷어내고 반려견이 우리의 모습을 있는 그대로 비추는 거울이라는 중요한 결론에 도달한다. 그녀는 에두르지 않고 솔직하게, 우리의 에너지가 반려견들의 행동과 정서적 건강에 얼마나 많은 영향을 미치는지 알려준다.

인간의 취약점을 짚어낼 뿐만 아니라 다시 강해지는 법을 알려주는 책은 이제껏 없었다. 킴벌리의 접근법은 지나치다 싶을 정도로 솔직하지만 그 안에는 자신의 실패담까지 들려주며 변화를 독려하는 따뜻함이 있다.

『개, 나의 털뭉치 동반자』는 삶의 방향을 바꾸고 반려견의 신뢰와 존경을 되찾고 싶어하는 모든 사람을 위한 게임체인저다. 마음을 열고 이 아름다운 책에 담긴 보석 같은 지혜가 우리를 어디로 데려갈지 함께 지켜보자. 절대 후회하지 않을 것이다.

동물보호협회 다시 사랑할 기회Second Chance at Love Humane Society 설립자이자
반려견 행동 전문 훈련사
체리 루카스

헌사

　나의 가장 위대한 스승 중 하나이자 전혀 예상치 못했던 길로 나를 인도해준 내 소중한 반려견 로보에게 이 책을 바친다. 로보가 내게 준 교훈은 가슴 한가운데 깊이 남아 내가 많은 개들과 사람들을 기꺼이 도울 수 있도록 했고, 그 외에도 내가 하는 모든 일에 영향을 주었다.

　또한 우리 인간들이 개의 행동과 그 행동의 다양한 원인들을 제대로 해석하고 파악하지 못한 탓에 이 집 저 집 떠돌고, 버려지고, 매우 열악하게 지내다 심지어 갑작스레 죽음을 맞이하는 모든 개들에게 이 책을 바친다. 우리 모두가 개들에게 좀더 마음을 열고, 연민을 품고, 그들의 행동을 더 잘 알아차릴 수 있기를 바란다.

　마지막으로 내 의뢰인들과 그들의 반려견들에게 이 책을 바친다. 나를 수소문해 찾아와준 것에 감사한다. 그들이 반려견을 이해할 수 있도록 도울 기회를 준 것에 감사한다. 그리하여 신뢰와 존중을 기반으로 한 더 나은 삶, 그리고 마음의 평화로 인도할 능력이 나에게 있다고 믿어준 것에 대해서도 감사의 마음을 전한다. 그 모든 것이 하나의 과정이자 여정이며, 개인적인 모험이었다.

들어가며

　'문제 행동'은 개들이 보호소에 버려지는 매우 흔한 이유 중 하나이며, 그렇게 버려진 개들 중 거의 절반이 결국 그곳을 벗어나지 못하고 죽는다. 이 문제에 대한 대안을 고민하며 나는 개의 심리, 행동, 영양과 건강에 관한 모든 것을 배우는 데 평생을 바쳤다. 덕분에 내가 발견하고 깨달은 것들을 공유하고, 우리 모두에게 절실히 필요한 대화를 시작할 수 있게 되었다. 마음의 평화와 양질의 삶은 값을 매길 수 없을 정도로 소중하다.

　『개, 나의 털뭉치 동반자』는 개와 우리 인간들을 위한 인생의 100가지 교훈을 모은 책이다. 반려견들은 우리 중 대다수가 자신에 대해 아는 것보다 우리에 대해 훨씬 더 잘 안다. 그러니 우리가 충분히 마음을 열기만 하면, 개들은 다채롭고 기쁨이 가득하고 만족스러운 삶을 살기 위해 알아야 할 것들을 우리에게 가르쳐줄 것이다.

　하루에 한 개씩 백 일 동안 새로운 깨달음과 함께 아침을 맞이하

자. 그 가르침들이 마음속 가장 깊은 곳에 또렷이 남아 그날 하루의 분위기를 이끌어줄 것이다.

그럼, 이제 개들이 우리에게 전하는 100가지 소중한 삶의 교훈을 만나보자.

반려견 훈련기관 팩핏PackFit 설립자이자

반려견 행동 전문 훈련사

킴벌리 아틀리

감정을 다스리자

우리는 각자 마음의 근원을 파악하고 진심으로 세상을 대하면 세상도 훨씬 더 좋은 반응을 보인다는 것을 반려견을 통해 배울 수 있다.

인간이 살면서 겪는 가장 큰 도전 중 하나는 자신의 감정을 다스리는 것이다. 이를 위해 우리는 대응 기제(어려운 도전이나 위협 등에 처했을 때 이에 대처하는 생리적·심리적·사회적 반응 양식—옮긴이)를 발동한다. 여러 방법을 동원해 감정에 무뎌지기도 하고, 감정으로부터 도망치기도 하고, 때로는 어떤 대상이나 행위에 강박적으로 몰두한다. TV 시청, 비디오 게임, 소셜 미디어, 음주, 흡연, 약물 복용, 청소, 음식물 섭취, 운동, 쇼핑, 섹스 등이 그 예다.

반려견은 인간의 내면을 고스란히 비춘다. 때로는 우리가 스스로 알아차리지 못하는 마음까지도 읽어내고 이해하기도 한다.

우리 인간은 반려견을 가르치는 교사이자 개들이 세상을 이해할 수 있도록 길을 제시하는 안내자다. 개들은 주변의 상황에 대해 어떻게 느껴야 할지 전적으로 우리에게 의존한다. 상황에 대한 신호와 지침, 지시를 주는 사람이 바로 우리다. 그러니 어떤 지시를 내릴 때 늘 그 의도를 정확히 아는 것이 가장 중요하다.

개들은 본능적으로 인간의 부정적이고 불안정한 에너지를 알아채며, 그것을 신뢰하지도 존중하지도 따르려고 하지도 않는다. 우리의 조급함, 짜증, 불안, 스트레스, 분노, 두려움, 우유부단, 소극적인 태도 등을 전부 알아차린다. 자신의 반려인이 어딘가 이상한 상태라고 느끼면, 대신 나서서 인간을 이끌고 보호하며 리더의 빈자리를 채우려고 한다. 모든 배에는 선장이 필요하니까.

만약 당신이 불안정하거나 감정적인 상태일 때는 반려견에게 말을 걸지 않는 것이 좋다. 차분하고 자신감 있는 확고한 태도로 접근할 때 반려견은 당신의 말에 훨씬 더 관심을 가질 것이다. 자신의 감정을 효과적으로 처리하고 다루는 법을 배움으로써 우리는 '신뢰와 존중'을 만들고 키워갈 수 있다. 이는 개들뿐만 아니라 우리와 함께 지내며 소통하고 사랑하는 모든 이들과의 관계에서도 매우 중요한 요소다.

우리는 사람이니까 때때로 중심을 잃고, 벽에 부딪히고, 문제를 겪고, 넘어지기도 할 것이다. 중요한 것은 무슨 일이 일어나는가가 아니라 그것을 해결하기 위해 우리가 어떤 선택을 하는가이다. 진정한 승리는 우리가 어떻게 다시 일어나 먼지를 털어내고 게임에 복귀하는가에 달려 있다. 그렇다면 우리는 무엇이 우리에게 영향을 주도록 허용하고, 무엇은 허용하지 않아야 할까?

감정은 매우 강력한 에너지의 한 형태다. 우리가 내면의 감정을 외부로 표현하면 그것은 온 세상으로 퍼져나가 파문을 일으키고 모든 것에 깊은 흔적을 남긴다. 이렇게 우리가 세상에 내보내는 것들이 다시 우리에게 돌아와 우리가 살아가는 현실을 만들어낸다. 우리를 어떻게 대할지는 우리가 정하는 것이다.

폭풍의 눈

'폭풍의 눈'이란 허리케인이나 사이클론 같은 기상 현상의 중심부를 말한다. 폭풍의 눈 속은 모든 것이 움직임을 멈춘 채 평화롭고 고요하지만, 그 주변은 엄청나게 높은 압력이 소용돌이치는 혼돈의 상태다. 나는 종종 이 '폭풍의 눈' 원리에 대해 의뢰인들과 이야기를 나누며, 우리가 그렇게 평화롭고 고요한 상태가 되는 법과 그런 에너지를 개에게 전달하는 법을 함께 가르쳐준다.

앞서 말했듯 개들은 각각의 상황에 대한 신호와 지침, 지시와 더불어 그 상황을 어떻게 느끼면 좋을지 인간이 알려주기를 기대한다. 우리가 흔들림 없이 폭풍의 눈 속에 있는 것처럼 평온해진다면 안정된 상태로 가장 강력하게 개들을 이끌 수 있다. 그러면 개들은 본능적으로 안전하게 보호받고 있다고 느끼며 한층 더 편안한 상태로 우리의 지시를 따르게 된다.

지켜야 할 선을 지키자

우리를 어떻게 대할지는 우리가 정한다는 말은 인간과 개 모두에게 적용된다.

이것은 우리가 무엇을 허용하고 무엇을 허용하지 않는지, 무엇을 지지하고, 무엇을 조율하는지에 달린 문제이며, 우리가 허용하는 것들은 계속 유지될 것이다.

남들이 나를 어떻게 대하게 두는지는 우리의 자존감 그리고 스스로에 대한 인식과 직접적인 관련이 있다. 스스로에 대해 얼마나 만족하는지, 그리고 얼마나 자기 자신을 받아들이고 사랑하며 존중하는지 그 정도와 관련이 있다는 말이다.

우리는 반려견과 함께 규칙을 만들고, 지켜야 할 기준과 넘지 말아야 할 한계선을 정하는 법을 배우면서 그것들을 개인의 삶에도 적용하게 된다. 선을 지키는 것은 종에 상관없이 모든 관계와 모든 가정의 분위기를 만드는 데 도움이 되기 때문이다. 지켜야 할 선을 모르면 서로 오해가 생겨 기대에 어긋나는 행동을 하게 되고, 그로 인한 실망과 분노가 쌓인다. 서로의 한계를 시험하고 도를 넘는 일이 끊임없이 벌어진다.

건강한 기준을 설정하고 그것을 지키는 일은 삶에도 필수적인 요소다. 인색하거나 무자비한 것이 아니라 자기 자신과 반려견, 그리고 타인을 존중한다면 반드시 행해야만 하는 일이다.

우리가 어떤 문제를 외면한다면 그 문제가 계속 일어나도록 허락하는 것과 같다. 반대하지 않고 가만히 있음으로써 자동적으로 동의하게 되는 것이다. 이때는 내가 무엇을 편안하게 느끼고 무엇을 불편하게 느끼는지, 무엇이 적절하고 무엇이 부적절한 행동인지를 명확히 정하고 알려야 한다. 그래야 개와 인간 모두 서로를 이해하는 데 도움이 된다. 존중은 존중을 부른다. 스스로를 존중할 때 남들이 나를 존중하지 않는 것을 용납하지 않게 된다.

알아차림, 변화의 시작

    인간은 감정적인 존재다. 우리는 아주 어릴 때부터 나와 나 자신을 둘러싼 세상에 대한 믿음과 전제들을 키워나간다. 이 믿음과 전제들은 나 자신을 들여다보는 렌즈가 되어 나의 행동과 반응을 이끄는 원동력으로 작용한다.

    반려견은 그들만이 할 수 있는 방식으로 우리 인간이 스스로를 더 잘 이해하도록 돕는다. 각각의 상황에서 우리가 발산하는 에너지를 그대로 비추고 반사해 인간이 자신을 되돌아보고 무엇을 놓쳤는지 기억해내도록 부추긴다. 우리가 가장 진실한 내면의 모습을 되찾고 연결될 수 있도록 말이다.

    우리의 에너지가 주변에 어떤 영향을 미치는지 알아차리는 순간, 아름다운 변화가 일어난다. 이때 우리가 내면에서 만들어 외부로 투사하는 것에 대해 책임감을 느끼기 시작한다. 우리의 생각, 느낌, 감정 그리고 내뱉는 말들은 모두 우리에게 영향을 주는 믿음과 전제에 대한 단서를 제공한다.

우리가 느끼는 감정에는 진동과 흐름이 있어서 우리를 둘러싼 세상으로 퍼져나간다. 그런데 초조, 불안, 두려움, 짜증, 스트레스, 분노, 걱정, 긴장 같은 감정들은 동물들에게는 균형을 잃은 불안한 에너지처럼 느껴지기 때문에 신뢰하거나 존중하거나 따르기 어렵다. 이와 달리 고요, 인내, (감정에 동요되지 않는) 확신 같은 감정은 사뭇 다른 에너지로 느껴져 동물들을 자연스럽게 끌어당긴다.

어떤 상황에 수동적으로 반응하기보다 상황을 주도하고, 감정에 휘둘리지 않으며, 결과보다 과정에 집중하려고 노력할 때, 우리는 각자의 내면에 존재하는 평화롭고 고요한 공간에 다다를 수 있다. 바로 그것이 우리의 참된 본성이다. 그러나 스스로에 대한 알아차림은 하룻밤 사이에 이루어지지 않으며, 신뢰와 존중도 하루아침에 생겨나지 않는다. 가치 있는 모든 것이 그렇듯이, 둘 다 일상 속 사소한 사건들을 경험하며 훈련을 통해 만들어진다.

우리에게 개들은 다정히 조언한다. 하루하루를 있는 그대로 받아들이라고. 그리고 충분히, 깊게 호흡하며 스스로를 한번 돌아보라고. 우리는 그 말대로 시간을 내서 스스로에 대해 좀더 깊이 알아볼 필요가 있다. 자신의 행동과 반응, 태도의 기저를 이루는 신념 그리고 그 작동 방식을 파악하는 것이 매우 중요하다. 정서적으로 건강하고 안정된 상태가 된다면 다른 사람들은 물론 우리의 반려견, 더 나아가 우리 자신과의 관계도 더 좋아질 것이다.

과거에 나라고 생각했던 모든 것을
내려놓고, 버리고, 포기함으로써
본래의 온전한 진짜 나가 될 수 있다.

멀리건, 한 번 더 해보는 것의 중요성

'멀리건mulligan'은 골프 용어로 '한 번 더'를 뜻한다. 첫 홀에서 티 샷이 실패할 경우 페널티 없이 다시 샷을 하도록 상대방이 관용을 베 푸는 것을 가리킨다.

나는 '실패'나 '실수'같은 건 없다고 생각한다. 실패나 실수는 인간 이 배우고, 성장하고, 다시 시작할 수 있는 '배움의 순간'일 뿐이기 때 문이다. 물론 받아들이는 사람의 관점에 따라 크게 달라질 수도 있다. 어떤 사람은 좌절을 그냥 좌절로만 보고, 어떤 사람은 그 속에서 교 훈을 발견하고 다른 접근법을 선택한다.

개들은 무엇이 잘 안 되더라도 쉽게 기가 죽거나 좌절하지 않고 언 제나 기꺼이 한 번 더 시도하려고 한다. 사실 이것이 개들이 자신감을 쌓는 비법이다. 끝없는 반복과 훈련 말이다. 개들은 무언가를 반복하 면서 점점 더 잘할 수 있게 되고, 결국 멋지게 성공한다. 하지만 우리 인간은 빠른 해결책을 좋은 것으로 여기면서 장려하고, 강요하는 문화 속에서 살아간다. 그리하여 별 노력 없이 더 빠르고, 더 크고, 더 좋은 결과만을 바라는 기대감만 높아지고 인내심은 점점 더 바닥난다.

개들은 그들만의 방법으로 인간이 진실되게 살아가도록 도와준다. 우리가 반려견과 공생하고자 개의 언어를 배우고, 상호 간에 이해를 쌓아나가면서 잃어버렸던 인내와 노력이라는 기술을 떠올리도록 부추기는 것이다. 그리하여 차근차근 목표에 도달하는 과정을 즐겁게 받아들이고 존중할 수 있도록 말이다.

당신의 개를 훈련시킬 때 반려견의 수행 능력이 당신의 기대에 미치지 못한다면 우선 심호흡을 하고, 인내심을 발휘하자. 접근 방식을 바꿔보고, 반려견이 당신의 의도를 더 잘 이해할 수 있는 방법을 생각해보자. 당신과 반려견 모두에게 통하는 만능 멀리건, 즉 두 번째 기회를 선물해보자. 결국 인생은 멀리건의 연속이 아니겠는가?

때때로 우리는 "완벽해"가 아니라 "충분히 잘했어" "더 나아졌어"에 만족하며 계속해서 성장할 여지를 남겨둬야 한다.

인생에서 확실히 보장되는 건 아무것도 없으며, 행동에 관한 문제는 더욱 그렇다. 훈련 프로그램이 얼마나 훌륭한지와는 상관이 없다. 행동은 다양한 요인들에 끊임없이 영향을 받기 때문이다.

우리는 모두, 심지어 개들도 지극히 불완전하다. 그리고 언제나 그 사실 자체로 '충분'하다.

개를 훈련하려면 먼저 개를 알아야 한다

우리가 먹이를 주는 것들은 자라난다. 다시 말해 우리가 에너지를 쏟고 집중하는 것들은 더 커진다. 마음 상태도 마찬가지다. 어떤 마음 상태든 우리가 그것에 애착을 보인다는 건 곧 우리가 그것을 인정하고, 강화하고, 지지한다는 뜻이다.

누군가가 슬퍼하거나, 노여워하거나, 어찌할 바를 모르거나, 두려워할 때 그 사람을 위로해주고 싶은 것은 인간의 본성이다. 우리는 그 사람을 안아주고 손을 잡아주고 등을 쓰다듬어주며 괜찮아질 거라고 말한다. 따스한 손길과 달래주는 말로 그에게 온기와 희망을 건넨다. 하지만 개는 인간이 아니다. 갯과 동물과 영장류는 다르다. 인간인 우리의 심리와 정보를 받아들이고 처리하는 방식 그리고 개의 심리와 정보 처리 방식 사이에는 차이가 있다. 반려견을 사람처럼 대하는 것은 자연의 섭리를 거스르는 일이며, 불균형하고 불안정한 혼란을 야기한다. 그렇다면 우리는 반려견이 불안해하거나 무서워하거나 긴장하거나 의심스러워할 때 어떻게 해야 할까?

- **편이 되어주되 과하게 보호하지는 말자.** 스스로 진정할 수 있는 안전한 공간을 마련해주자. 그렇게 해야 반려견이 우리에게 정신적으로 의존하지 않을 수 있다.

- **반려견이 좋아하는 활동이나 '앉아' 등의 기본적인 훈련으로 관심을 돌리자.** 예를 들어 천둥 번개가 칠 때마다 강아지가 좋아하는 활동을 한다면, 어느새 강아지는 천둥 번개 소리를 '재미있는 놀이 시간'을 알리는 신호로 생각하면서 기대할지도 모른다.

- **반려견이 공포와 불안을 느끼는 상황들을 파악한 뒤, 인내심을 갖고 천천히 그것들을 극복하도록 도와주자.** 예를 들어 반려견이 자전거에 공포를 느낀다면, 자전거 타는 사람을 섭외해 안전하고 통제된 환경에서 함께 있게 해보자. 이때 목표는 개가 자신의 공포심을 자극하던 대상과 좀더 긍정적인 관계를 맺을 수 있도록 돕는 것이다. 공포를 극복하는 유일한 방법은 직접 경험하고 통과해나가는 것뿐이다.

식습관과 영양 문제 같은 반려견의 문제 행동을 단번에 해결해주는 '만병통치약'은 없다. 행동은 복합적이고 상황의 영향을 받기 때문이다. 대신 (다행스럽게도) 위와 같이 반려견이 두려움과 불안감을 극복하도록 도울 방법들은 몇 가지 존재한다.

다만 한 가지 명심할 것이 있다. 개를 훈련하려면 먼저 개에 관해 알아야 한다. 당신의 반려견이 무엇에 흥분하고, 무엇을 통해 동기 부여가 되고, 무엇에 자극을 받아 행동이 유발되는지 이해하고 있어야 한다. 이것은 반려견과 많은 시간을 보내야만 얻을 수 있는 지식이다. 그리고 모든 개는 우리에게 그만한 대우를 받을 자격이 있다.

개의 응석을 무조건 받아주고, 개가 어떤 감정 상태이든 애착을 보이는 사람들이 많다. 그런 사람들은 시도 때도 없이 개를 의인화하는 반면, 개들을 충분히 운동 시켜주지도 않고 정신적인 자극을 주지도 않는다. 그들에게는 체계도, 규칙도, 지도할 의지도 없다. 리더십의 부재라고 할 수 있다. 아무런 노력도 하지 않으면서 개들이 말을 잘 듣기만을 바란다.

개에게 불필요한 에너지는 과하게, 필요한 에너지는 부족하게 전달하며 반려견의 행동을 통제하지 못하면 개가 인간의 행동을 통제하게 된다. 그러면 그 개는 버릇없고 반항적이고 고집은 세지만, 그에 반해 겁 많고 자신감 없고 불만으로 가득한, 자기만 아는 개가 된다. 반려견의 행동이 바뀌기를 원한다면, 그에 앞서 우리의 행동을 바꿔야 한다.

개들은 과거나 미래에 살지 않는다

개들은 순간을 살아간다. 어떤 상황에서든 현재의 순간에 온전히 집중한다. 반면 인간은 대개 과거나 미래를 생각하며 살아간다. 그렇기에 현재의 순간에 온전히 집중하려면 의식적인 노력이 필요하다. 현재의 순간에 집중하며 앞으로 나아가는 것은 우리가 하는 선택이자 훈련이다.

한 가지 상황을 예시로 들어보자. 한 여성과 그녀의 반려견 피도가 산책을 나간다. 과거에 이 개는 다른 개와 마주칠 때마다 돌진하고 짖어대며 한바탕 난동을 부렸다. 다른 개가 다가오자 그녀는 극도로 긴장하기 시작한다. 여성은 목줄을 단단히 부여잡고 불가피한 상황에 대비한다. 탈출 전략을 떠올리고 다른 길, 몸을 숨길 자동차 등을 찾는다. 도망칠 곳도, 숨을 곳도 없다. 운이 없다. 할 수 없이 그녀는 길가로 피하며 피도에게 "앉아!"라고 명령한다. 다른 개가 가까이 다가오자 피도는 날뛰기 시작한다. 그녀가 예상한 그대로다.

이해한다. 나도 예전에 그랬으니까. 이런 일은 흔하게 일어나며 사람과 개 모두에게 즐겁지 않은 상황이다. 그러니 다른 방법을 시도해 보자.

멀리건, 즉 두 번째 시도가 필요하다. 한 여성이 다른 개를 보면 흥분하는 반려견 피도와 함께 산책을 나간다. 과거에 이 개는 다른 개와 마주칠 때마다 돌진하고 짖어대며 난동을 부렸다. 하지만 아까와 달리 여성은 빠르게 과거의 기억에서 벗어나 현재의 순간에 집중한다. 예전의 이야기는 잊고 초점을 현재로 옮기면 새로운 결과가 일어날 가능성이 있다.

이제 그녀는 이것을 이해한다. 아무런 문제도, 동요도 없이 피도와 함께 다른 개 옆을 걷는 상상을 하기 시작한다. 심호흡을 한다. 오호라, 마음이 차분해지고 자신감이 차오른다. 목줄을 짧게 쥐었지만 꽉 조이거나 팽팽하지 않다. 팔을 편안하게 내렸고, 고개를 당당히 들었으며, 어깨는 활짝 편 상태다. 피도는 속으로 생각한다.

'오, 좋아. 내 반려인이 드디어 이해했나 봐. 평소와 다르군. 이건 새로운 시도야. 좋아, 나도 동참해야지.'

그녀는 더할 나위 없이 침착한 상태다.

물론 피도가 평소의 문제 행동을 다시 보일 수도 있다. 그러나 이러한 훈련이 일관되게 행해지면, 피도의 격한 반응이 점점 줄어들며 새로운 이야기가 조금씩 펼쳐질 것이다. 이제 피도는 꼼짝 못하고 '앉아'서 다가오는 개에게 온 신경을 집중하지 않아도 된다. 사람과 개가 함께 앞으로 나아가며 장애물을 통과하면 둘은 점점 더 자신감을 갖고 서로를 더욱 신뢰하게 된다. 피도는 평소 같으면 아슬아슬했을 상황에서 반려인이 확신에 가득 찬 채 완전히 다른 방식으로 자신을 이끌어나가는 것을 느낀다. 반려인 또한 자신이 이끄는 대로 과거와는 다르게 행동하는 피도를 새로운 시각으로 바라보기 시작한다.

앞으로 나아가는 것이 가만히 있는 것보다는 항상 낫다. 문제 행동에 관한 한, 지나친 집착은 숨을 막히게 한다. 오히려 거리를 둘 때 해방감을 느낄 수 있다. **앞으로 나아가는 것은 곧 과거의 이야기에서 벗어나는 것이다.**

인간은 개와 관련된 '이야기'에 집착하는 경향이 있으며, 특히 유기견이나 열악한 환경에서 지낸 개들에게 그런 태도를 자주 보인다. 하지만 과거에 어떤 이야기가 있었던 개들은 앞으로 나아갈 수 있고, 항상 그러기를 원한다. 개들은 믿을 수 없을 정도로 회복력이 뛰어나다. 그런 개들을 가로막는 것은 대개 우리 인간들이다. 우리는 개의 이야기에 집착하고 그 과거를 우리의 생각과 감정, 말을 통해 계속 되살려내곤 한다.

예를 들어 어떤 사람은 자신의 반려견을 그냥 '조이'라는 이름으로 소개하지 않고 "평생 강아지 공장의 우리에 갇혀 지내다 구조된 조이"라고 소개한다. 그는 조이가 겪은 부당한 행위를 전부 보상해주려고 노력하면서 무한한 사랑을 쏟아붓는다. 조이의 두려움, 불안, 초조함 같은 모든 감정 상태에 보이는 애착이 오히려 더 불안하고 더 의존적이며 건강하지 못한 개로 길들이게 한다.

　인간과 개 모두 현재의 순간을 살아가는 것이 본성이지만, 그 본성대로 행동하기 위해서는 의식적인 노력과 마음챙김이 필요하다. 현재의 순간에 온전히 집중하고, 추측과 환상을 떨쳐내고, 과거의 이야기들을 인정하는 동시에 그것들에서 벗어나 새로운 이야기들을 쓰고 싶다면 말이다. 과거에 계속 얽매여 있으면 다른 이들이 비극이나 트라우마를 딛고 일어설 수 있도록 도울 수 없다.

　그러니 앞으로 나아가자. 그것은 하나의 과정이고 일상의 훈련이며, 의식적인 노력이고 선택이다. 과거는 놓아버리자. 현재의 순간에 집중하며 다시 익히자. 당신의 개와 함께 한 발 한 발 내디디자. 이겨내고 앞으로 나아가고 발전할 용기를 내는 것으로 과거를 기리자. 일상의 매 순간이 이야기를 다시 쓰고 다시 시작할 수 있는 기회이다.

일관성 없는 노력은 일관성 없는 결과를 낳고,

일관성 있는 노력은 일관성 있는 결과를 낳는다.

우리의 몸짓까지 알아듣는 개들

    개들은 온몸을 사용해 의사소통을 하며, 그것은 우리 인간도 마찬가지다. 하지만 개와 달리 인간은 대부분 자신이 몸을 통해 어떤 메시지를 보내고 있는지 전혀 의식하지 못한다.

    개들은 신체 언어를 기막히게 해석하며, 말투와 기운까지도 완벽하게 읽어낸다. 그 능력을 통해 우리가 알지 못하는 우리의 모습까지도 알고 있다. 우리가 매우 공들여 만들어낸 겉모습의 이면까지 꿰뚫어 보는 것이다.

    축 처진 어깨 vs 자연스럽게 활짝 편 어깨.

    푹 숙인 고개 vs 당당하게 세운 고개.

    구부정한 등 vs 꼿꼿이 편 등.

    상대방을 똑바로 응시하는 눈 vs 흘깃 쳐다보거나 회피하는 눈.

    공간을 확보하고 당당히 서 있기 vs 이리저리 움직이기.

    이 중 당신은 어떤 메시지를 보내고 있는가? 움츠려 있는가, 아니면 당당하게 서 있는가?

인간은 다양한 방법으로 자신이 느끼는 감정과 처한 상황에 대해 미묘한 신호를 보내며, 개는 이것을 알아채고 곧바로 반응한다. 최근에 겪은 일 중 이를 보여주는 사례가 하나 있다.

개가 가진 에너지에 맞게 운동시켜 에너지를 소진하게 하는 것은 개들의 육체적 건강과 정신적 균형을 유지하기 위해 매일 빼먹지 말고 해야 하는 필수적인 활동이다. 하지만 '반려견 산책'은 많은 사람이 어려워하는 일이고, 때로는 두렵고 자신이 없어 긴장과 불안감을 일으키는 악몽 같은 일로 여겨지기도 한다.

하루는 다른 의뢰인의 집에서 나와 퇴근하던 길에 바로 전날 1차 행동 평가와 상담을 진행했던 의뢰인과 그녀의 반려견을 보게 되었다. 그 여성이 나를 찾아왔던 가장 큰 이유는 반려견을 산책시키는 것이 거의 불가능했기 때문이다. 그 개는 다른 개나 사람, 아이, 자전거, 트럭 등 모든 것에 폭발적으로 반응했다. 사람이 통제할 수 없을 정도였다. 나는 그녀에게 다음번 상담 전까지 산책할 때 시도해보면 도움이 될 몇 가지 방법에 대해 조언했다. 퇴근길에 우연히 차 안에서 바라보게 된 그녀는 내 조언을 실천하며 반려견과 즐겁게 오후 산책을 즐기고 있었다. 그녀가 예전에 경험했다는 산책과는 완전히 달랐다. 개가 주인을 끌고 다니며 산책을 통제했던 과거와 달리 그녀 옆에서 얌전히 걷고 있었다.

그녀는 멋지고, 자신감 있고, 침착해 보였다. 내가 해준 조언대로 어깨는 자연스럽게 뒤로 젖혀져 있었고, 목줄은 짧지만 팽팽하지 않게 잡았으며, 고개는 꼿꼿이 세우고 있었다. 그녀는 온몸으로 "내가 드디어 해냈어요!"라고 외치고 있었다. 또 한 가지 놀라운 것은 그녀의 반려견이 그 외침에 바로 응답했다는 사실이다.

이 사례는 우리가 접근 방식을 바꿔 우리의 신체 언어를 달리하고 다른 유형의 에너지를 발산한다면 반려견이 얼마나 빠르게 반응하는지 보여준다.

모든 것이 대화다. 우리는 입으로 말하지 않고도 훨씬 더 많은 것을 알려줄 수 있다.

모든 것이 대화다.

우리는 입으로 말하지 않고도

훨씬 더 많은 것을 알려줄 수 있다.

때로는 직감을 따르자

개들은 너무 많은 생각을 하지 않는다. 의문을 갖지 않는다. 그들은 어떤 행동을 할 때 그 행동이 맞는지 틀렸는지, 혹은 충분히 잘하고 있는지 걱정하지 않는다. 그냥 할 뿐이다. 그냥 존재할 뿐이다. 개들은 자기 모습 그대로 존재하며 그 자체로 만족한다.

직감을 따른다는 건 내면의 어딘가에서 오는 안내를 따르는 것이다. 그 어딘가는 의심이나 회의를 넘어 존재하는 앎의 영역이다. 내면의 고유한 GPS 시스템은 결코 우리를 잘못된 방향으로 인도하지 않는다. 인간과 개 모두 직감을 느끼지만, 우리 인간은 대체로 눈에 보이지 않거나 분석이나 이해가 불가능한 것을 쉽게 신뢰하지 못한다. 더 깊은 곳에서 끊임없이 우리를 자극하는 직감이 느껴지는데도 믿고 따르지 못하는 것도 이 때문이다.

개들은 순간마다 느껴지는 직감에 따라 살아가고 존재한다. 반면에 인간은 그 순간이 아닌 과거나 미래에 연연하며 사는 경향이 있다. 우리는 어제 일어난 일들을 곱씹고, 앞으로 일어날 일들을 걱정한다.

때로는 직감이 우리가 찾는 답으로 우리를 인도해준다. 그러기 위해 가장 중요한 일은 고요하게 마음을 가라앉히고, 에고를 잠재우고, 무의식이 만들어낸 이야기나 공포로 인해 생겨난 환상을 떨쳐내는 것이다. 마음을 열고 직감이라는 크고 분명하고 뾰족한 화살표를 따라가면 된다.

끌려다니지 말고 주도권을 가지자. '개를 사랑하는 사람'에서 '개를 이해하는 사람'으로 바뀌려면 감정과 적절히 거리를 두는 연습이 필요하다. 또한 자신의 반려견이 언제 가장 정신적으로 안정적이고 자연스럽고 편안한지, 그리고 그것을 유지하는 데 필요한 것이 무엇인지 배워야 한다. 그러려면 개라는 동물 종의 특성과 개별 품종의 특성을, 다시 말해 그 개 고유의 특성을 모두 알아야 한다. 개의 행동을 읽고 소통하는 법과 개가 필요로 하는 것을 주는 방법을 공부해야 한다. 그리고 감정에 지배된 불안한 상태가 아닌, 건강하고 안정된 상태로 개를 안내하고 이끌어야 한다.

개들은 인간의 혼란스러운 감정을 받아들이고 감당할 준비가 되어 있지 않다. 그 때문에 우리가 감정을 다스리거나 해소하지 못할 경우 그것을 심각한 약점으로 여긴다. 이런 경우 개들은 우리가 발산하는 에너지를 믿지 못하며 따르려 하지 않는다. 여기서 '주도권 갖기'와 '끌려다니기'의 차이를 알 수 있다. 감정을 드러내지 않고 개를 주도하는 사람과, 감정에 지배되어 끌려다니는 사람의 차이 말이다. 이것은 단지 개인차가 아니라 무척 중요한 차이다.

우리는 무엇이 좋고 나쁠지를 알아내는 능력을 가지고 있다. 몸은 탁월한 지표이자 훌륭한 GPS 역할을 한다. 따라서 몸이 보내는 메시지를 알아채고 해독하는 능력을 키우는 것이 필요하다. 가슴과 어깨에 가해지는 압력이나 무게로 느껴질 수도 있고, 근육이 이완되거나 혹은 긴장해서 굳는 것으로 느껴질 수도 있다. 즐거울 때와 달리 불편한 일이 있을 때 속이 울렁거리는 것 역시 그렇다. 몸은 문제 없이 편안하거나 무언가 문제가 있어 괴로운 상태 둘 중 하나일 것이다.

자신의 직감을 알아채고 그것을 믿고 따르는 법을 배우는 것은 하나의 과정이며, 매일 연습해야 하는 일이다. 하지만 나는 확신한다. 우리가 느끼는 직감에는 위대한 목적이 있으며, 그 목적은 바로 다가올 순간과 나날들을 헤쳐 나갈 수 있도록 우리를 도와주기 위한 것임을.

당신의 개가 그러하듯이, 때로는 당신의 직감을 따르라.

분야와 직업을 막론하고 본능과 직관적 판단의 엄청난 가치를 과소평가하지 않는 것은 중요하다. 우리는 직감의 원천인 더 깊은 앎과 지혜를 끌어내고 나누어야 한다. 자신을 신뢰하는 법과 함께 살면서 느끼는 직감을 받아들이고 그 신호를 해석하는 법을 배우면 반려견과 함께할 때는 물론, 우리가 삶의 방향성을 찾아나가는 데도 많은 도움이 된다.

우리가 개입하지 않는 한, 개들은 본능에 따라 살아간다. 우리도 그럴 수 있도록 노력하는 것이 현명할 것이다.

꾸준한 훈련이 탁월함을 만든다

"우리가 반복적으로 하는 행동이 곧 우리이다.
탁월함은 한 번의 행동에 의해서가 아니라 습관들이 쌓여 만들어진다."

―윌 듀런트

무엇에 능숙하다면 그것은 타고난 재능, 시간과 노력 그리고 교육이 잘 혼합되어 이루어진 결과물이다. 다시 말해 직관과 학습, 훈련 그리고 반복의 결과이다. 무엇이든 꾸준히 연습하면 더 나아지고 발전한다. 당신이 반려견을 상대할 때도 마찬가지다.

반려견을 훈련할 때 일관성 있게 연습하고, 노력하고, 거듭 반복하면 여러 이점이 있다. 먼저 반려견에게 새로운 기억과 연상을 만들어 줄 수 있다. 그리고 개가 두려움을 없애고, 여러 능력을 정교하게 다듬고, 우리에 대한 신뢰를 쌓으며 균형을 이룰 수 있도록 도움을 주기도 한다.

앞에서도 말했듯이 개는 순간을 살아간다. 오롯이 현재에 집중한다. 반면 인간은 과거와 미래 그리고 자신이 만들어낸 이야기 속에서 살아간다. 몸은 여기에 있을지라도 마음은 다른 곳에 가 있을 때가 있다. 하지만 반려견에게 뭔가를 지시하기 위해 정신을 바짝 차릴 때, 인내심을 가지고 개가 두려움을 극복할 수 있도록 도울 때, 새로운 훈련을 시도하거나 특정 행동을 교정할 때, 혹은 그냥 목줄을 잡고 나란히 걸을 때 우리는 현재의 순간에 집중하게 된다. 개들은 생각하고 느낄 수 있으며 우리와 좋은 관계를 맺길 원하는, 지각을 갖춘 존재다. 그렇기 때문에 모든 개는 시간을 내서 자신을 이해하려 하고 정신적인 자극을 주고자 하는 사람의 노력을 고맙게 받아들인다.

A 지점에서 B 지점으로 가려면 시간과 노력을 들이고, 중간중간 방향 조정도 하며 끝까지 버텨야 한다. 늘 공정하고 개방적이며 유연한 방식으로 접근해야 한다. 꾸준한 훈련은 탁월함을 만든다. 나는 '완벽'이라는 말을 믿지 않지만, '탁월함'은 분명히 존재한다고 확신한다.

인간은 반려견의 중요한 정보원이다. 그래서 개들은 자신이 처한 모든 상황에 대한 신호와 지침, 지시와 더불어 그 상황에 대해 어떻게 느껴야 할지를 우리 인간이 알려주기를 기대한다.

다시 말해 우리는 반려견이 자기 자신과 세상에 대한 개념을 만들어나가는 데 매우 중요한 존재인 것이다. 따라서 우리는 반려견에게 무엇을 알려줘야 할지 배워야 하며, 그러기 위해 의식적인 노력을 기울이고 일관성을 가져야 한다.

스스로를 믿어요. 그러면 당신의 개도 믿을 거예요

"스스로를 믿어요. 그러면 나도 당신을 믿을게요."

지혜로운 반려견은 우리를 향해 소리 없이 다정하게 말한다.

반려견은 인간이 신호와 지침, 지시를 내려주기를 기다리며, 본능적으로 우리의 불안정한 에너지는 신뢰하거나 존중하지 않는다. 소극적으로 행동하거나 짜증낼 때의 에너지, 조급하거나 불안한 에너지도 마찬가지다. 감정이 실린 에너지는 대체로 따르지 않는다. 입장을 바꿔 당신이라면 따를 수 있겠는가?

개들은 우리가 자신감을 가지고 차분하게 인내하는 '집중된 상태'일 때 편안하고 안전하다고 느끼며, 우리가 이끄는 대로 따른다. 즉 당신이 스스로를 믿을 때 개들 또한 당신을 믿는다.

반대로 안전하지 못한 상황이라 느끼거나 확신이 없어서 주저하거나 조급해하거나 스트레스를 받거나 감정적이거나 화가 나 있을 때 우리는 완전히 다른 에너지를 발산한다. 그 에너지엔 우리를 따르는 것이 안전하지 않다는 메시지가 실린다.

아무도 자기를 안내하지 않고 이끌지 않으면, 다시 말해 아무도 배의 키를 잡지 않으면, 개들은 본능적으로 나서서 빈자리를 채우려 할 것이다. 하지만 우리가 사는 세상, 개들이 헤쳐나가야 할 이 세상은 직관과 본능만으로 이루어져 있지 않다. 그래서 개들은 세상을 다 이해하지 못하고, 더 큰 두려움과 불안을 느낀다.

지금껏 반려견과의 의사소통이 힘들었다면 스스로의 행동을 간단히 점검해보자. 아무 말도 하지 않을 때 당신은 어떤 유형의 메시지를 내보내는가? 어떤 에너지를 발산하는가? 당신을 둘러싼 베일 안에서 무슨 일이 벌어지고 있는가? 개가 당신을 믿고 따르기 전에 당신이 먼저 스스로를 믿어야 한다. 당신은 원하는 바를 자신감 있게, 그리고 명확하게 전달하고 있는가?

우리에겐 삶에서 한 발짝 더 나아가거나 지금의 자리를 확고히 지키려 할 때, 혹은 우리의 접근법이나 기세를 조금 유연하게 할 때조차 우리가 준비만 되어 있다면 어떤 도전이든 잘 헤쳐나가도록 도와줄 개가 늘 곁에 있다.

당신 자신을 믿어라. 그러면 당신의 개도 당신을 믿을 것이다.

모든 건강한 관계는 신뢰와 존중을 기반으로 하며 주고받음이 적절한 균형을 유지한다. 인간과 인간, 혹은 개와 인간 사이에 문제가 발생하는 이유는 이런 기반이 탄탄하지 않고 주고받음의 균형이 어느 한쪽으로 심하게 쏠리기 때문이다.

이것은 서로 간의 연결을 강화하기는커녕 오히려 단절시키며, 그로 인해 다양한 형태의 불만과 불안, 원망, 분노가 일어나게 된다.

반려견의 나쁜 행동은 불균형한 관계와 그 관계에서 파생된 것들에서 비롯한 경우가 대부분이다. 반려견이 신뢰나 존중을 보이지 않는데도 반려인이 일방적으로 많은 것을 베푼다면 건강하지 못한 관계다.

신뢰와 존중을 쌓으며 주고받음의 균형을 회복하려고 노력하는 것이 조화롭고 행복한 삶에 투자하는 올바른 방법이다.

감정의 파도에 휩쓸리지 말자

우리는 때때로 감정의 롤러코스터를 탄다. 그것이 인간의 본성이다. 우리는 느끼도록 창조되었으며, 저마다 유독 자극받는 요인이 있다. 반려견은 우리가 어떤 감정의 파도를 타든 상관없이 곁에 머무르지만, 우리가 내보내는 감정적 에너지를 느끼고 그것에 반응한다. 따라서 그런 에너지가 엄청난 잠재력을 지니고 있음을 명심해야 한다. 우리가 우리 자신과 우리를 둘러싼 세계와 끊임없이 갈등을 겪는다면, 반려견은 그 부정적인 에너지를 흡수해 고스란히 우리에게 되돌려줄 수도 있다.

삶은 우리에게 일어나는 일들에 달려 있지 않다. 누가 무슨 말을 하고 무슨 행동을 했는가에 달려 있는 것도 아니다. 삶은 우리가 그것에 어떻게 반응하는가에 달려 있다. 더 정확히 말하면 우리가 어떤 반응을 선택하느냐에 달렸다. 평정심을 유지할 때 우리는 힘을 잃지 않을 수 있다.

어떤 사람이 다른 사람들을 대하고 그들에게 말을 거는 방식을 보면 그 사람이 자기 자신을 대하는 법을 알 수 있다. 그 사람이 내보내는 것은 그가 가진 일련의 신념에서 비롯된다. 그 신념이란 대개 아주 오래 전 어린 시절에 만들어진 뒤 제대로 다뤄지거나 분석된 적 없이 계속 커지기만 하다 그 사람이 세상을 바라보고 대하는 필터가 되었을 것이다.

바로 이 지점에서 우리의 연민이 작용한다. 다른 사람들의 행동과 태도를 개인적인 공격으로 받아들일 필요 없다. 그들의 부정적인 에너지를 받아들이지 말자. 그들의 '쓰레기', 다시 말해 그들의 짐을 떠안을 필요는 없다.

사람들이 어떤 방식으로 반응하고 행동하든지 그들은 그들 자신의 이야기를 하고 있는 것이다. 그러나 개들은 우리 곁에서 우리를 바라보며 자기가 어떻게 느껴야 할지 파악하기 때문에, 우리가 개에게 어떤 메시지를 보내고 있는지 끊임없이 의식하고 알아차리는 것이 중요하다. 반려견에게 어떤 유형의 정보를 전달하고 있는지 스스로 알아차리고, 개들이 주변의 사람과 사물을 어떻게 느껴야 할지 가르치자.

때로는 감정이 우리를 지배하겠지만, 이것은 자연스러운 현상이다. 중요한 건 어떻게 회복하는가이다. 우리가 원래의 상태로 돌아가고, 다시 문제에 접근하고, 평정심을 되찾는 방식 말이다. 일일이 반응하지 않으며 주도권을 가지고 행동할 수 있도록 일상에서 훈련해야 한다. 이는 우리가 감정에 흔들리지 않고 주도권을 유지하는 데 도움이 된다. 삶에서 우리가 유일하게 통제할 수 있는 것은 삶에 대한 우리의 반응뿐이다.

불안정하고 감정의 기복이 심할 때와 달리 내 페이스를 유지할 수 있다면, 세상도 우리를 다르게 대할 것이다. 개들은 우리가 이 사실을 떠올리게 해준다.

삶에서 우리가 유일하게 통제할 수 있는 것은
삶에 대한 우리의 반응뿐이다.

반려견이 이해할 수 있는 의사소통

우리는 대부분 자신이 혼란스러운 메시지를 보내고 있다는 걸 모를 때가 많다. 신체 언어(곧게 선 자신감 있는 자세 vs 구부정한 자신감 없는 자세), 말투(물음표로 끝나는 말 vs 마침표나 느낌표로 끝나는 말, 확신에 찬 저음의 목소리 vs 귀에 거슬릴 정도로 가는 고음의 목소리), 그리고 에너지(차분하고 참을성 있고 단호한 모습 vs 불확실하고 불안정하고 불만스러워하고 조급하고 분노하고 걱정스러워하는 모습)가 뒤섞여 헷갈리는 메시지를 보내는 데도 말이다.

대체로 우리는 안정적이고 주도적인 상태보다는 감정적이고 예민한 상태에서 행동한다. 그러면서 불안정하고 불확실한 에너지를 감추고 자신감 있는 신체 언어를 사용하여 겉과 속이 일치하지 않는 모순된 신호를 보내는 것이다.

개들은 의사소통을 할 때 자신의 에너지와 머리의 높이, 귀의 위치, 벌리거나 다문 주둥이, 곧추세우거나 아래로 낮춘 몸, 힘을 주는 방식, 아래로 말려 있거나 부드럽게 흔드는 꼬리, 눈을 뜨는 모양 등 몸 전체를 이용한다. 개가 보여주는 모든 행동이 대화인 것이다. 개는 다른 개들에게 아주 명확하게 자신의 주장을 관철한다. 하지만 우리 인간들은 종종 개가 보내는 신호를 잘못 해석한다. 한 예로 어떤 개가 주둥이를 일그러뜨리고 이빨 몇 개를 드러낸다고 가정해보자. 대부분의 사람들은 그것을 공격의 징후로 판단하고 항복을 선언할 것이다. 하지만 그 개는 좋은 의미로 몹시 흥분하여 '복종성 미소Submissive grin'를 지은 것일 수 있다. 그게 아니라 뭔가 불편해서 경고를 보낸 것이라면, 이는 우리가 고마워해야 할 일이다. 우리가 개의 경계선을 침범한 거라면 우리에게는 반드시 경고가 필요하니까.

반려견과 의사소통할 때 우리는 마치 사람에게 하듯 반려견을 대하고 말을 걸며 관계를 맺는 경향이 있다. 그렇다. 우리는 지나치고 위태로울 정도로 개를 사랑할 수도 있고, 이런 일은 드물지 않다. 그러나 다른 모든 일이 그렇듯이 너무 과하거나 부족한 것은 모두 불안정과 불균형을 일으킨다.

개에게도 뇌가 있지만 우리 인간과 같은 방식으로 정보를 처리하지는 않는다. 장황한 말과 함께 몸짓과 억양 등의 신호들을 뒤섞거나 혹은 신호가 충분하지 않다면, 우리가 전달하려는 뜻을 개들이 어떻게 이해할 수 있겠는가?

개들이 제대로 이해하려면 짧고 간결하고 명확한 의사소통이 중요하다. 우리가 무엇을 기대하는지 반려견이 이해할 수 있도록 도와야 한다. 그러기 위해 단일한 지시를 내리는 명령어를 일관되게 반복하면서 단일한 행동과 일치시키는 것이 중요하다. 우리의 신체 언어를 통해 안내하고, 가리키고, 보여주어야 한다. 인내심을 갖고 훈련을 반복하자. 그리고 반려견이 우리의 지시를 따를 때마다 즉시 보상하는 것을 잊지 말자. 우리가 "앉아!"라고 말할 때 개가 엉덩이를 바닥에 붙이고 앉는다면 바로 보상해주면 된다.

그들과 함께하는 우리 인간이 모두 다르듯 모든 개는 서로 다르다는 것을 기억하는 것이 중요하다. 우리가 걸음마부터 배웠듯이 기초적인 단계부터 시작하고, 그러면서 반려견이 이해하고 있다는 작은 조짐들을 알아차려야 한다.

개는 인간의 언어를 쓰지는 않지만, 우리가 적절하고 효과적인 방식으로 우리의 뜻을 전달하면 미루어 짐작해서 그 메시지를 이해하고 받아들일 수 있다. 개들이 이해할 수 있도록 돕는 것은 우리 손에 달려 있다.

당신이 인내심을 가지고 반려견에게 침착하게 '우리는 할 수 있어!'라고 생각하며 신체 언어를 활용해 지시한다면, 놀랍게도 개는 자신감을 갖고 더 편안해질 것이다. 반려견 훈련이란 연결에 관한 것이다. 관계를 맺고, 팀워크를 키우고, 서로 간에 친밀감과 신뢰 그리고 존중을 쌓는 일이다. 우리의 강아지들은 우리가 자신들을 이해하기 위해 들인 시간을 고맙게 여기고, 우리와의 유대를 열 배로 강화할 것이다. 명확해야 쉽게 이해할 수 있다.

당신의 개를 포기하지 마세요

지난 수년 동안 내가 키웠던 모든 강아지들 앞에서 나는 이런 말을 반복했을지도 모르겠다.

"내가 얘를 잘 키울 수 있을지 모르겠어."

감히 말하건대, 나 혼자만 그런 건 아닐 것이다. 내가 당신에게 말해줄 수 있는 건 당신이 그 일을 할 수 있다고, 할수록 더 나아질 거라는 것이다.

강아지를 키우는 일은 쉽지 않다. 사실 개의 나이와 상관없이 개를 키우는 일 자체가 쉽지 않다. 우리는 서로 유사하면서도 다른 욕구와 의사소통 방법 그리고 표현 방식을 지닌 다양한 종의 반려동물을 키운다. 하지만 마음의 문을 열기만 하면 이 작은 존재들이 우리가 인간으로 살며 인식하는 것 이상을 가르쳐준다는 걸 더 분명히 깨닫게된다.

나의 자기인식과 접근법, 이성적인 대응과 반응 모두 수년 동안 꾸준히 발전시키고 더 나은 방향으로 계속 변화시킬 수 있었던 것은 개들 덕분이며 앞으로도 그럴 것이다. 나는 내가 느끼는 감정들을 자세히 살펴보고, 시시각각 발산하는 에너지에 대해 설명하고 책임질 수 있으며, 균형감과 평정심을 유지한 상태에서 원하는 바를 명확하게 전달하고 차분한 상태로 돌아와 다시 접근해 또 다른 의사를 전달한다.

삶은 혼란스럽다. 그리고 혼란스러움은 더없이 좋은 기회다. 왜냐고? 우리는 실수하고, 좌절을 겪고, 장애물에 부딪히고, 고꾸라지면서 더 많은 것을 배우기 때문이다. 우리는 말끔히 포장된 평탄한 길이 아니라 험한 길을 가는 경험을 통해 발전한다. 우리가 이런 관점으로 삶을 볼 수만 있다면 모든 시련이 배우고, 성장하고, 진화하는 기회가 될 것이다.

"잔잔한 바다에서는 노련한 뱃사람이 나오지 않는다."

—아프리카 잠언

누가 집 현관문에 접근할 때마다 당신의 반려견이 미쳐 날뛴다면, 좋은 기회다! 친구에게 하루에 10번에서 15번 정도 현관문 쪽으로 걸어와달라고 부탁하자. 그런 다음 반려견의 반응을 살피며 흥분하지 않고 얌전히 있을 때마다 보상해준다. 반려견이 이해할 수 있을 때까지 이 과정을 여러 번 반복한다. 진공청소기를 꺼낼 때마다 강아지가 그것을 향해 돌진한다면, 청소기를 마치 인사하듯 살짝 흔들어 그것이 적이 아니라 '친구'임을 이해시키자. 진공청소기로 집안을 청소할 때 녀석에게 목줄을 채워 따라다니게 하자. **나쁜 행동은 받아주지 않고 바람직한 행동은 보상하고 칭찬하는 훈련을 끊임없이 반복하자.**

우리는 하룻밤 사이에 어떤 예술이나 기술을 터득할 수 없다. 그건 개도 마찬가지다. 뭔가를 터득하려면 인내, 훈련, 반복, 일관성, 끝까지 해내려는 마음, 헌신이 요구된다. 그리고 당신과 당신의 반려견 둘 다 해낼 수 있다는 믿음 역시 필요하다.

어떤 일이 닥치더라도 포기해선 안 된다. 반려견에 관한 일이라면 더더욱 그렇다. 당신이 반려견과 소통하는 법을 배우려고 애쓰는 만큼 당신의 개 역시 당신의 기대를 이해하려고 애쓰고 있다. 당신은 반려견 삶의 동반자이다. 개들은 당신의 헌신을 필요로 하며, 그것을 환영하고 고마워할 것이다. 그러니 모험을 즐기자!

개들이 추측할 필요가 없이 바로 알아차릴 수 있게
이해를 돕는 것은 우리에게 달려 있다.

쉽게 물러서지 마라

앞에서도 언급했고 이 책 전반에 걸쳐 말하겠지만, 반려견을 훈련하는 것은 파트너십, 팀워크 같은 관계에 관한 것이다. 따라서 상호 간에 효과적인 의사소통 방식을 만들어야 한다.

반려견들은 항상 우리에게 새롭고 달라진 모습을 요구한다. 여러 가지 면에서 분발하고 용기를 내어 우리의 영향력과 힘을 발휘하라고 부추긴다. 두려움이나 의심, 망설임 없이 차분하고 자신감 있는 태도로 우리 자리를 지켜야 한다고 말한다.

신뢰와 존중은 모든 건전한 관계의 토대이며, 이것을 쌓기 위해서는 무엇보다 먼저 우리 자신을 믿고 소중히 여겨야 한다. 개들은 우리가 그러고 있는지 탐지하는 레이더를 가지고 있다. 우리가 스스로를 신뢰하고 존중하지 않는다면, 반려견뿐만 아니라 그 누구도 그렇게 하지 않을 것이다. 또한 소극적인 자세로 반려견의 응석을 받아주고 일관성 없게 대하는 것 역시 신뢰와 존중을 더 멀리 밀어내는 태도다.

그렇다면 우리는 어떻게 자신의 자리를 지켜낼 수 있을까? 여기 몇 가지 방법이 있다. 이것은 반려견을 훈련할 때도, 우리 자신에게도 동일하게 적용되는 원칙이다.

1. 경계를 분명하게 설정하고 일관되게 그것을 지키자.

2. 스스로를 의심하거나 비판하지 말자! 의도가 분명하고 그것이 공정하고 정당하다는 걸 알고 있다면, 자연스럽게 자신의 접근 방식과 요구 사항에 확신을 갖게 될 것이다.

3. 당당히 서서 원하는 바를 주장하고 자기 자리를 지키자. 어깨를 자연스럽게 펴고 고개를 높이 들고 발을 바닥에 단단히 디디자. 이런 자세는 말없이도 많은 것을 말해준다.

4. 침착하고 명확하게 지시하고, 감정에 휘둘리지 않도록 하자. 개들은 행동의 단서와 지침을 우리에게서 얻는다. 그러므로 우리의 신체 언어가 명확하고 간결해야 한다는 걸 명심하자. 일관된 명령어로 지시를 내리며 신체 언어를 통해 차분하지만 단호하게 인도하자.

5. 앞으로 나아가고 뒤로 물러나지 않도록 하자. 이것은 우리의 몸과 신체 언어를 사용해 더 많은 공간을 확보하기 위한 전략으로, '특별한 압박'을 가

하게 된다.

우리가 스스로를 믿고 일관된 태도를 유지하며 공간을 확보하게
되면 신뢰와 존중을 얻을 뿐만 아니라 우리를 믿고 따라도 된다는 메
시지를 전할 수 있다. 자신의 주인이 '할 수 있다'는 걸, 앞으로 어떤
일이 닥치더라도 감당할 수 있다는 걸 알면 개들은 훨씬 더 안정감을
느끼고 위안을 얻을 것이다.

우리가 쉽게 물러서지 않는 것은 일상의 훈련이자 지속적인 과정
이며 노력할 만한 가치가 있는 일이다.

개들은 우리의 진짜 모습을 알고 있다

개들은 우리에게 가르침을 줄 수 있으며, 그러고 싶어한다. 이 사실을 받아들이게 될 때, 우리는 **진리**에도 마음을 열게 된다.

"개들은 다 알아차린다"라는 말이 생겨난 데는 다 이유가 있다. 개들은 우리를 안다. 겉모습 안에 숨겨진 우리의 진짜 모습을 알고 있다. 개들은 그 모습에 반응하며 그것을 기준으로 우리를 평가한다.

한 여성이 반려견과 함께 어느 마을에 이사를 왔다. 마을 주변을 산책하는 그들에게 어떤 남자가 다가왔다. 평소 침착하고 사교적이던 개가 몸을 낮추고 그녀를 다른 방향으로 끌어당겼다. 여성은 자신의 개가 이 남자에게 왜 이런 반응을 보이는지 이해할 수 없었다. 녀석은 항상 모든 사람을 무척 잘 따랐기 때문이다. 여성은 그 남자와 잠깐 대화를 나누고 헤어졌다. 그런 다음 근처의 상점에 들어가 상점 주인과 대화를 했다. 상점 주인은 그녀에게 방금 마주친 남자를 조심하라고 알려줬다. 그 남자는 사실 정말 나쁜 사람이며 아내와 아이들을 폭행하고 반려견을 학대한 전과가 있는 것으로 동네에서 악명이 높다고 전한다.

에너지는 매우 강력한 물질로, 지구상의 모든 것을 구성하고 우리 모두를 연결한다. 개들은 본능적으로 주위의 에너지를 감지하고 조화를 이루며 그것을 근거로 삼아 현실을 이해하고 판단한다.

개들은 우리가 본질적으로 어떤 사람인지, 우리에게 가장 중요한 것이 무엇인지, 스스로에 대해 무엇을 기억해야 하는지를 떠올리게 한다. 우리가 주어진 상황과 환경에 맞게 스스로를 점검할 수 있도록 매일 일깨워주는 역할을 하는 것이다. 만약 우리가 확신이 없어 두렵고 불안한 상태라면, 개들은 그것을 알아차리고 반응할 것이다. 그런 순간 우리에게 개들은 깊이 호흡해보라고 다시 한번 말해준다. 한 걸음 물러나 원래의 상태로 돌아가라고, 안정을 되찾고 다시 접근하라고.

당신이 진실로 어떤 사람인지, 어떤 에너지를 내뿜고 있는지 솔직한 평가를 받고 싶은가? 그렇다면 멀리 볼 것 없이 사랑하는 동반자인 당신의 개를 바라보면 된다. 당신의 개는 항상 가장 정직한 답변을 줄 것이다.

개들은 우리를 안다.

걸모습 안에 숨겨진 우리의 진짜 모습을 알고 있다.

그 모습에 반응하며

그것을 기준으로 우리를 평가한다.

문제 행동의 근원을 생각하자

인간인 우리는 임시방편을 좋아한다. 거의 모든 문제에 대해 임시 방편을 찾고 그것에 의존한다.

우리는 임시방편을 중심으로 전략적 비즈니스가 설계된 세상에 살고 있다. 의사, 수의사, 가공식품 회사 등은 그 사실을 감춘 채 우리가 최선의 선택을 하고 있다고 믿게 만든다. 하지만 임시방편을 통한 빠른 해결과 관리는 그저 '증상'만을 치료할 뿐이다. 문제의 근본 원인을 덮고 그 부산물만 다루는 것이며, 예방보다는 증상의 마비나 둔화 또는 억제에 초점이 맞춰진다. 이는 거대한 산업과 관련되어 있다.

반려견과 관련한 문제에도 다양한 형태의 임시방편이 사용된다. 짖는 개를 통제하기 위해 짖음 방지 목걸이를 채우거나, 일시적으로 격리하거나 내쫓는 것 그리고 반응성 문제(특정 자극이나 상황에 민감하게 반응하는 성향―옮긴이)로 인해 산책이나 운동을 아예 시키지 않는 것(사실 운동이 가장 좋은 해결책임에도 말이다) 등이 그 예다.

우리 모두가 잘 알다시피, 어떤 현상의 근원에 도달하는 것은 쉽고 빠르게 해치울 수 있는 일이 아니다. 같은 뿌리를 가진 수많은 다른 행동과 근본적인 문제들을 함께 다루어야 하기 때문이다. 그러나 이것은 매우 가치 있는 일이며, 우리의 시간과 인내 그리고 에너지를 필요로 한다. 많은 사람들이 자신에겐 이 세 가지가 부족하다고 말하지만 말이다.

이 시대는 '변명의 황금기'이다. 다시 말해 우리는 책임과 의무를 지는 것에 대해 엄청난 두려움을 유발하는 마법의 땅 위에서 살아가고 있다. 아마 당신은 이런 생각을 할 때가 있을 것이다.

난 시간이 없어. 도움 받을 데도 없고, 자원도 부족해.

너무 피곤하고 할 일도 너무 많아.

이미 여러 방법들을 시도해봤지만 효과가 없었어.

이번이라고 다르겠어?

어디서부터 시작해야 할지 모르겠어.

너무 위험해.

그럴 여유가 없어.

나중에 해야지.

만약 예상치 못한 일이 일어나면 어떡하지?

부모, 선생님, 또래 등 다른 사람의 영향을 받고 자란 우리는 실패를 경험하거나 기대를 저버리지 않기 위해 이런 생각들을 하며 정말로 중요한 문제를 회피하려고 할 때가 많다. 쉬운 길을 찾고 남 탓을 하는 것도 이 때문이다. 뭔가 뜻대로 되지 않으면 자신을 제외한 모든 사람과 상황을 탓하고 모든 일을 '내일'로 미룬다. 하지만 이런 변명과 대응은 매우 성급한 임시 해결책일 뿐이다. 여기에는 문제에 대한 수습과 사후 관리만 있을 뿐, 어떠한 배움이나 성장도 없다. 우리는 문제를 회피하지 않고 해결하려는 노력을 통해서만 영구적인 해결책을 찾을 수 있다. 그리하여 배우고, 성장하고, 삶의 질을 끌어올릴 수 있는 것이다.

인권 운동가 마틴 루서 킹 주니어는 이렇게 말했다.

"계단을 오르지 않고 계단 꼭대기에 도달할 수는 없다."

개들은 우리에게 스스로를 위해, 그리고 개들을 위해 분발해 달라고 애원한다. 그런 개들에게 시간이 없다고 말하거나 핑계를 대는 것은 '지금은 네가 우선순위가 아니야'라고 말하는 것과 마찬가지다. 우리는 우선순위의 맨 위에 있는 일(가족, 식사, 친한 친구, 직장과 관련된)을 위해서는 어떻게든 시간을 마련하지 않는가.

건강으로 인한 문제를 제외하고, 많은 신경증적인 행동들은 대부분 충족되지 않은 욕구와 그로 인한 불만과 스트레스에서 비롯된다. 이것은 개뿐만 아니라 사람에게도 해당된다. 본능적 욕구가 충족되지 않으면 신경질적이고 이상한 행동을 하게 된다.

반려견이 문제 행동을 보이면 잘 살펴보자. 먼저 그것이 병원에 가야 하는 문제인지 판단해야 한다. 그리고 최근 일상에 큰 변화가 일어났는지, 가족 내 역학관계에 변화가 생겼는지, 운동과 산책을 제대로 시켜주었는지, 적절한 영양 섭취가 이루어졌는지, 효과적인 훈육을 했는지, 정신적 자극이 될 사회적 관계가 부족하진 않았는지, 반려인인 당신과의 유대감은 충분했는지, 즉 개들의 본능적 욕구가 충족되고 있는지 점검해야 한다. 반려견들은 신체 언어와 태도 그리고 행동으로 끊임없이 우리와 소통하며 메시지를 보낸다. 그 메시지들을 해석하는 법을 배우는 건 우리의 몫이다.

반려견이 무언가를 표현할 때, 그것을 당신 마음대로 판단하거나 별것 아닌 것으로 치부해버려선 안 된다. 우리는 개들의 지지자가 되어야 한다. "불편해" "고통스러워" "불안해" "자신이 없어" "너무 답답해. 에너지를 풀 곳이 필요해" "정신적 자극이 필요해. 뭔가 새로운 걸 가르쳐줘!" "너무 많은 것이 변하고 있어. 제발 그것들을 이해하고 적응할 수 있게 도와줘" "요즘 혼자 지내는 시간이 너무 길어" 등 우리에게는 개들이 무슨 말을 하는지 알아낼 책임이 있다.

당신의 개가 어떤 의아한 행동을 한다면, 그 행동 자체만으로 판단해서는 안 된다. 항상 근본 원인을 생각해봐야 한다.

개의 행동은 품종에 따라 다르지 않다. 인간의 행동이 인종, 계층, 종교, 성별, 민족에 따라 다르지 않은 것과 마찬가지다. 개들이 어떤 행동을 하도록 길러지느냐는 우리 인간에게 달렸다. 우리는 개가 하는 행동을 부추길 수도 있고 멈추게 할 수도 있다.

개들과 효과적이고 적절한 방식으로 소통하고, 건강하고 균형잡힌 생활에 필요한 것들을 제공하며, 개들이 자기 자신과 세계를 이해하고 세상과 연결되도록 도와주고, 그들의 마음을 잘 통제하고 관리하는 법까지, 이 모든 것을 배우는 건 우리의 책임이다.

올바른 산책의 힘

'산책'은 우리가 반려견과의 유대감을 키울 수 있는 가장 좋은 활동 중 하나이며, 새로운 반려견을 입양해 적응시키는 과정에서도 매우 중요한 요소이다. 하지만 개와 산책하는 것을 가장 힘든 과제로 여기는 이들도 많다.

산책은 개에게 많은 의미가 있다. 개와 사람이 공통의 목표를 향해 함께하고 있음을 보여주고, 더 탄탄한 관계를 맺도록 돕는다. 또한 무언가를 탐색하고 발견하며 에너지를 소비하려는 개의 본능적이고 자연스러운 욕구를 충족해준다. 일정한 규칙에 맞춰 생활하고 싶은 개의 욕구를 실현할 멋진 기회를 제공하며, 인간이 앞장서서 리더십을 보여줄 기회까지 만들어준다.

규칙이 있는 산책과 그렇지 않은 산책은 완전히 다른 활동이다. 규칙이 있는 산책은 반려견이 사람의 옆이나 약간 뒤에서 함께 이동하며 이루어진다. 반려견이 앞에 있게 해서는 절대 안 된다. 그러면 우리가 뒤를 따르는 위치에 놓이기 때문이다. 또한 개가 우리를 끌고 다니며 산책을 완전히 통제하지 않도록 해야 한다.

규칙이 정해진 산책을 할 때 우리는 반려견을 인도하고, 매너 있게 행동하기를 요청하고, 개들을 우리의 통제 아래 두게 된다. 다시 말해 규칙과 경계를 설정한 뒤, 침착하고 자신감 있는 태도로 산책을 주도하는 것이다. 그렇게 산책의 분위기와 에너지를 조절함으로써 반려견이 불안정하고 통제 불가능한 상태에 놓이는 것을 막을 수 있다.

또한 규칙이 있는 산책은 개로 하여금 반려인이 자신에게 기대하는 것을 알아내려고 노력하게 함으로써 정신적 칼로리와 몸을 지속적으로 움직이는 신체적 칼로리를 이중으로 소모하는 활동이 된다. 또 다른 보너스는 무엇일까? 콘크리트 위를 꾸준히 걷는 활동은 반려견이 발톱을 깔끔하게 유지하는 데 도움이 된다.

산책은 개와 인간 모두에게 신체에 좋은 운동일 뿐만 아니라 스트레스를 말끔히 해소해주는 활동이기도 하다. 집 밖으로 나와 신선한 공기를 마시며 폐를 깨끗이 하고, 정신을 맑게 하며, 답답했던 마음을 싹 털어버리고 행복감을 느끼게 하는 세로토닌 수치를 높일 수 있다.

한 가지 주의사항은 대부분의 개들은 목줄을 매고 걷는 산책 이상의 활동이 필요하다는 것이다. 개가 충분히 에너지를 소모하게 하려면 운동의 시간과 강도를 그 개의 에너지 수준에 맞추는 것이 중요하다. 만일 개가 기운이 넘치는데 당신이 바빠서 충분히 시간을 내지 못한다면, 시간을 줄이는 대신 강도를 높이는 방법을 선택할 수 있다.

한 번에 여러 효과를 얻을 수 있는 활동으로 산책만한 것이 없다. 산책은 인간과 개 모두에게 자연스럽고 본능적인 요구인 동시에 서로 간의 유대를 깊이 쌓을 수 있고 몸과 마음에 이로운 활동이다.

온/오프 스위치

'균형'은 끊임없이 변화하는 일상의 습관이자 과정이며, 우리의 일상적 태도이기도 하다. 자극이 많고, 정신없이 바쁘고, 불안과 스트레스에 시달리고, 단절된 세상 속에서 반려견은 우리의 마음과 에너지, 행동을 고스란히 비춰준다. '오프 스위치'를 적절히 누르는 훈련을 하면 안정된 마음을 되찾고, 지나치게 활동하느라 흥분 상태였던 뇌와 신경계를 가라앉혀 결과적으로 행동을 바꾸는 것도 가능해진다. 우리는 반려견 훈련에도 이를 적용하여 개들이 지금까지 와는 다른 훨씬 더 멋지고 풍요로운 세계관과 정체성을 형성하도록 도울 수 있다. 그리하여 사회적이고 무리지어 사는 동물인 개는 이 세상 그 무엇과도 잘 어울리게 된다.

개의 귀와 꼬리를 자르는 일에 관하여

나도 완벽하고 당신도 완벽하다. 우리 모두가 있는 그대로 완벽하다. 여기서 완벽이란 우리 각자의 개성과 고유함이 완벽하게 아름답다는 뜻이다. 하지만 많은 사람들이 세상이 환영하는 특정한 겉모습과 인상을 만들기 위해 노력하고, 이는 우리의 아이들, 심지어 반려견에게까지 영향을 미친다. 특정 품종에 대한 선호, 개의 외형에 대한 미학적 논쟁, 뾰족한 스파이크가 달린 가죽 목줄에 대한 고집. 이 모든 것은 특정 의견만 옳다고 주장하는 사람들을 사로잡는 경향이 있다.

특정 품종견의 귀를 자르고(단이) 꼬리를 자르는(단미) 수술이 한동안 뜨거운 논쟁이었다. 꼭 그래야만 할까? 그런 수술들은 개에게 해로운 것은 물론이고 너무 잔인하지 않은가? 2008년 11월 26일, 미국 수의사협회AVMA는 개의 단이 수술과 단미 수술에 대해 다음과 같은 입장을 밝혔다.

"AVMA는 미용을 목적으로 하는 단이 수술과 단미 수술을 반대한다. 우리는 견종 표준에서 이 두 가지 수술 절차를 없애기를 권장한다."

미국 켄넬 클럽American Kennel Club(순수 혈통견을 보호하고 장려하는 것을 목적으로 하는 비영리 기관—옮긴이)은 이 권고에 동의하지 않았지만, 나는 "우리가 지금의 모습으로 태어난 데는 다 이유가 있다. 모든 것에는 목적이 있다. 그 사실을 받아들이고 존중해라"라는 철학에 동의하는 편이다.

개들은 온몸, 특히 귀와 꼬리를 사용해 의사소통을 하기 때문에 그것들을 제거하면 다른 개들과 의사소통하고 상호작용하는 능력이 크게 떨어진다. 꼬리는 두려움, 긴장, 공격성 혹은 편안함이나 호기심 등 다양한 감정을 전달한다. 뿐만 아니라 빠른 방향 전환이 필요한 수영과 달리기 등의 활동을 할 때 개가 균형을 유지하도록 돕는다. 만약 아무런 목적이 없었다면 이 신체 부위들은 원래부터 없었을 것이다.

각자 생각이 다르겠지만 나는 우리가 이상적이라고 생각하는 자기 자신과 다른 존재들의 모습이 아니라, 있는 그대로의 모습을 사랑하고 존중하면 좋겠다. 우리가 지금의 모습으로 태어난 데는 저마다 위대한 이유가 있다. 나는 '완벽한 모습'이 따로 있다고 믿지 않는다. 대신 우리 모두가 있는 그대로 '완벽'하다고 믿는다.

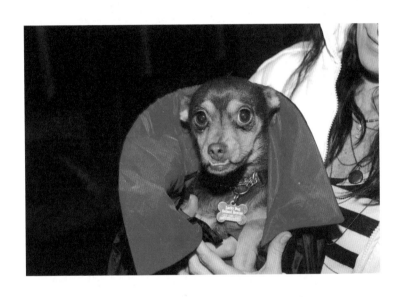

나는 '완벽한 모습'이 따로 있다고 믿지 않는다.
대신 우리 모두가 있는 그대로 '완벽'하다고 믿는다.

개를 좋아하는 사람과 개를 이해하는 사람

사랑에는 이해가 앞서야 한다.

이 세상에는 훈련에 대한 수많은 정보와 참고 자료가 있지만 너무 많아서 오히려 압도되거나 혼란스러워지기 쉽다. 행동 교정에 관해 말하자면 내면의 불만이나 근본 원인은 살펴보지 않고 겉으로 드러난 '증상'이나 신체적 징후만 다루는 것은 더 유심히 들여다보고 치료해야 할 곳에 임시로 반창고를 붙이는 것과 같다. 단순하게 기본으로 돌아간다면, 우리는 도움이 필요한 상황에서 답을 찾을 수 있을 것이다.

아이를 키울 때 우리는 그 아이의 욕구를 충족해주는 법을 배운다. 충분한 영양을 공급하고, 따스한 사랑으로 편안함을 느끼게 해주고, 자유롭게 움직일 공간을 확보하고, 안전하게 보호하며, 어디로 가야 할지에 대한 안내를 해주는 것을 통해 말이다. 또한 인지적 자극을 주고 규칙과 경계, 한계를 가르쳐주는 것도 필요하다. 이 모든 것은 우리가 반려견에게 제공해야 하는 것과 크게 다르지 않다.

반려견이 가진 본능적인 욕구가 무엇인지 알고, 그것을 충족해주려는 노력은 언제나 효과가 있다. 그리고 그렇게 노력하는 동안 반려견과의 관계에서 가장 중요한 신뢰와 존중이 쌓인다. 이를 위해서는 다음과 같은 요소가 필요하다.

- 개라는 동물에 적합한 영양소
- 체계와 질서
- 규칙과 경계 그리고 한계
- 침착하고 자신감 넘치는 리더십과 끈기 있는 지도
- 적절한 양의 운동을 통한 에너지 소모
- 인지적 자극
- 사회화
- 종마다 다른 특정 욕구의 충족
- 놀이
- 훈육(여기에는 빛과 그림자가 있다)
- 목적의식(끝내야 할 일이나 임무에 대한)

개들이 지닌 이런 욕구를 충족해주기 위해 배우고 노력을 기울이려고 충분히 애쓰는 것, 이것이야말로 '진정한 사랑'이다. 이것으로 단순히 개를 '좋아하는' 사람과 개를 '이해하는' 사람을 구분할 수 있다.

'개를 좋아하는 사람'은 개의 마음 상태가 어떻든 애착을 보인다.

그러면서 마당이 있는 집에 살거나 '강아지 공원'에 놀러 가는 것만으로 완벽하게 운동을 대체할 수 있다고 여긴다. 반려견이 불안해하거나 자신 없는 행동을 반복하면 안아주고 쓰다듬어주며 응석을 받아준다. 마치 인간을 대하듯 말을 걸고 다가간다. 그리고 많은 유기견 보호자들의 경우처럼 그 개의 과거 이야기에 집착하며, 지난날의 아픔을 보상해주려고 노력한다. 그러나 사람이 개의 과거 이야기에 계속 얽매이면 불균형이 더 심해져, 그 개는 앞으로 나아가지 못한다.

'개를 이해하는 사람'은 이와 다르다. 그들은 기본으로 돌아가 개를 온전히 이해한 후 개에 대한 기대치를 명확하게 설정한다. 관계를 만들고 강화하는 것에 집중한다. 그런 다음 개의 기본적이고 본능적인 욕구를 충족해준다.

개들은 믿을 수 없을 정도로 회복력이 강하다. 항상 앞으로 나아갈 준비가 되어 있으며, 기꺼이 그러고 싶어한다. 그러니 반려견의 마음을 잘 파악하고 맞춰주는 것뿐만 아니라, 관심을 보여야 하는 행동과 그렇지 않은 행동을 잘 구별하는 것도 매우 중요하다.

반려견의 본능적 욕구를 적절하게 채워줄 때, 우리는 그들과 더 깊이 연결될 수 있다. 우리는 "그래, 난 너를 이해해"라고 말할 수 있어야 한다. 그럴 때 반려견과의 사이에 신뢰와 존중이 만들어지고, 개가 건강하고 안정되고 행복한 개로 성장하며, 아름다운 관계가 펼쳐진다. 이것이 우리가 자신의 반려견을 진정으로 사랑하는 방법이다.

모든 단계가 중요하다

대부분의 사람들이 A에서 Z로 곧장 점프하고 싶어한다. 할 수만 있다면 그 사이의 모든 단계를 건너뛰려 한다. 하지만 반려견은 모든 단계가 중요하다는 것을 조용히 우리에게 상기시킨다.

우리가 반려견에게 투자하는 시간과 노력, 보살핌과 관심은 값을 매길 수 없을 정도로 소중하다. 그것은 신뢰와 존중을 쌓으며 서로 이해할 수 있게 해주고, 아름다운 관계의 토대를 마련한다. 우리는 일련의 단계들을 성공적으로 거쳐 목표에 도달한다. 각각의 단계는 우리가 궁극적인 목표에 다가갈 수 있도록 돕는다.

반려견 훈련에서는 개들과 함께하는 모든 것이 소통이다. 몸의 움직임과 자세와 같은 신체 언어, 우리가 발산하는 에너지, 목줄의 팽팽한 정도, 잘못된 행동을 그냥 지나치는지, 아니면 바로잡는지에 대한 여부. 우리가 애착을 보이는 반려견의 마음 상태, 심지어 그 개와 한 공간에 있는 사람들 사이의 긴장감과 정서적 에너지까지 모두 다 소통이다.

개가 어떤 목표를 가지고 하는 행동들은 사소하더라도 그 노력만으로 칭찬받을 만하며, 더 나은 행동의 토대가 될 수 있다. 우리와 눈을 맞출 때, 두려움으로 얼어붙어 있다가 한 걸음 나아가려고 할 때, 평소였으면 더 과민하게 반응했을 지나가는 개를 못 본 척 할 때, 저녁 식사 시간에 적당한 거리를 유지할 때, 그 모든 행동들이 칭찬받을 만하다. 반려견과 의사소통할 때는 그것이 명령이나 재주를 가르치는 것이든, 용인되는 행동과 용인되지 않는 행동을 가르치는 것이든 단계적으로 접근해야 한다. 반려견 훈련은 습관이자 과정이다. 단순하게 생각하자. 계단을 오르지 않고는 계단의 꼭대기에 도달할 수 없는 것이다.

인내심을 기르고 매 순간 최선을 다하자. 일관성을 유지하자. 그러면 자신감 넘치는 마음으로 즐겁게 모든 단계를 완수하게 될 것이다.

반려견을 훈련시킬 때 당신은 훈련이 성공하기를 얼마나 간절히 원하는가?

그 결과를 얻기 위해 무엇을 할 수 있는가?

투자한 만큼 돌려받는 것이 세상의 이치다. 반려견의 문제 행동을 '바로잡기'

위해 가장 중요한 것은 상담 횟수가 아니라 상담과 상담 사이,

그리고 상담 이후에 무슨 일이 일어나는가이다.

개의 행동에 영향을 미치는 요소에는 여러 가지가 있지만 가장 큰 영향력을

발휘하는 것은 개들의 중요한 정보원인 인간이다.

당신이 스스로에게 투자하는 것은 곧 자동으로 그리고 간접적으로 당신의 반

려견에게 투자하는 것이다. 개의 언어를 배우고, 훈련을 하고, 변화를 만들면,

당신은 그 차이를 알게 될 것이다!

나를 믿어보는 연습

뭔가를 느끼는 것은 인간의 본성이다. 그런데 우리는 대개 과거나 미래를 걱정하며 살아가기 때문에 안정감과 평온함을 느끼기가 무척 어렵다. 감정에 휘둘리지 않고 온전히 현재에 사는 것은 우리가 맞닥 뜨리는 가장 큰 도전 중 하나다. 개들은 그런 우리에게 넌지시 가르 쳐준다. 인내심을 기르고, 최선을 다하고, 일관성을 지키라고. 그러면 한 걸음 한 걸음 자신감 넘치는 마음으로 즐겁게 나아갈 수 있다고.

여기서 명심해야 할 점은 우리가 '감정적'인 상태가 아닐 때도 '감정을 느낄 수 있다'는 것이다. 감정이 우리의 생각을 흐리게 하지 않고도 우리는 감정을 느낄 수 있다. 감정에 휘둘려 반응하지 않으면서도 감정을 느낄 수 있다. 여기서 중요한 건 능동적으로 대응하느냐, 아니면 수동적으로 반응하느냐다.

감정적인 에너지는 불안정하다. 현실에 뿌리 내리지 못하고 위로, 아래로, 사방으로 쉽게 흔들린다. 우리가 주변에서 일어나는 일들을 모두 통제할 수는 없지만, 그것에 반응하는 우리의 방식은 통제할 수 있다. 모든 일들과 마찬가지로 이것은 하나의 훈련이다. 그동안 반려견은 곁에서 조용히 우리를 격려하고, 진실하고 정직한 피드백을 줄 것이다.

당신이 해내리라는 것을 믿어보자. 세상에서 가장 자신감 넘치고 확신에 찬 사람이 아니더라도, 그렇게 될 때까지 한번 믿어보자.

자신을 믿는 마음 또한 꾸준한 훈련을 통해 확신으로 자리잡는다. 모든 훈련은 의식적으로 지속해야 하는 과정이며, 꾸준히 노력하면 변화하고 나아질 수 있다. 당신만의 공간을 확보하는 연습을 해보자. 두 발을 단단히 땅에 고정하자. 어깨를 활짝 펴자. 자신감을 갖고 당당하게 서자. 턱을 들고 앞을 바라보자. 두렵거나 힘든 것들을 헤치고 앞으로 나아가자. 순간적으로 일어나는 감정의 변화를 느껴보자. 사무실에서 상사와 이야기할 때, 아이들을 훈육할 때, 또는 종종 당신이 비교 대상으로 삼는 당신보다 잘난 것 같은 누군가와 이야기할 때도 이런 훈련을 하면 좋다. 반려견을 산책시킬 때도 마찬가지다. 이때 목줄을 짧게 잡되 너무 당기지는 않은 상태로 반려견과 나란히 걷도록 한다. 잘못된 행동을 바로잡거나 지켜야 할 경계를 가르칠 때도 이런 방법은 효과가 있다.

당신 자신을 **믿어라.** 우리는 문제를 회피하거나 움츠러들라고 만들어진 존재가 아니다. 우리는 모두 평등하며, 오직 스스로를 믿는 사람과 그렇지 않은 사람으로 나뉠 뿐이다. 그러므로 자신은 반드시 해낼 것이라는 믿음을 꾸준히 훈련하면, 잠깐씩 느끼는 그 자신감과 내면의 힘은 사라지지 않고 더 깊숙이 뿌리를 내릴 것이다.

개들이 우리에게 가르쳐주는 것은 이 세상에 길들여지기 전 우리의 본래 모습을 떠올리라는 것이다. 그들은 내면에 존재하는 아름다움과 힘 그리고 회복력에 집중할 수 있도록 우리를 응원한다.

우리는 모두 성공할 수 있는 힘을 가지고 있다. 진짜 중요한 것은 누가 그 힘을 많이 가지고 있는가가 아니라, 누가 그 힘을 더 믿느냐다. 당신이 할 수 있다는 걸 믿어보자. 그러면 당신의 개도 당신을 믿을 것이다.

당신이 할 수 있다는 걸 믿어보자.

그러면 당신의 개도 당신을 믿을 것이다.

노력의 가치를 가르치자

우리는 모두 어떤 목적을 위해 일하도록 만들어졌다. 그 목적이 둥지를 짓는 일이든, 음식을 구하는 일이든, 짝을 짓는 일이든 말이다. 그것은 종에 상관없이 유전자에 깊이 각인되어 있다.

뭔가를 얻고 싶으면 먼저 주어야 하는 것이 자연의 법칙이다. 시간을 들여 노력하고 전적인 관심을 쏟아야 보답을 얻을 수 있다. 이 법칙은 목줄의 양쪽 끝에 있는 사람과 개 모두에게 적용된다.

우리는 신뢰와 존중, 충성심을 얻기 위해 노력한다. 배를 채울 음식과 각종 권리와 혜택을 얻기 위해서도 노력한다.

반려견에게도 노력의 가치를 가르쳐주는 것이 중요하다. 우리가 반려견에게 노력해서 무언가 획득할 기회를 주지 않으면, 개뿐만 아니라 개와 우리의 관계에도 큰 해를 끼치게 된다. 반려견을 무시함으로써 그들이 자신감과 자부심을 키울 소중한 기회를 차단해버리는 것이다.

우리는 단지 경기에 참여한 아이들에게도 트로피를 주는 시대에 살고 있다. 별 노력을 하지 않아도 쉽게 보상과 칭찬이 주어진다. 이런 경향이 반려견과의 관계로도 이어져 지켜야 할 규칙과 경계에 관심이 없는, 이기적이고 버릇없고 까다롭고 조급하고 건방지고 공격적인 개들로 길들이고 있다.

노력해서 무언가를 획득하는 것은 훌륭한 일이다. 우리가 반려견에게 그것을 요구하는 건 개들의 정서적 행복을 위해서다. 반려견이 교감을 나누기 위해 노력하고 집중하고 참여할 때, 그리고 바람직한 마음과 행동을 갖추기 위한 훈련을 할 때 특별한 혜택과 애정, 칭찬, 긍정적인 관심으로 보상하면 된다.

개들은 겉모습으로 판단하지 않는다

겉모습만으로 판단하지 말자. 누구에게나 자기만의 사연이 있으며 성장하고 배우고 목표한 바를 이루어 가는 과정에서 각자의 도전과 시련을 헤쳐 나가는 중이다.

또한 우리 생각이나 우리 눈에 보이는 것을 항상 믿어서는 안 된다. 인간에게는 여섯 가지의 감각이 있지만 시각에 더 많이 의존하는 경향이 있다. 우선 눈으로 정보를 받아들인 뒤 각자의 고정 관념과 신념 체계를 통해 걸러낸 후 판단하고 대응한다. 반려견은 우리에게 그 고정 관념과 신념 체계가 타당한지 확인해보라고 간청한다. 그러나 사람들은 별 생각 없이 이렇게 말한다.

"그 개는 ○○○○종이니까 공격적일 거야."
"저 개가 으르렁댔어. 성미가 사나운 것이 분명해!"
"보호소에서 지낸 개는 버릇이 없을 거야."

"유기견은 문제가 없을 수 없어. 키우려면 고생 좀 할걸."

"전문 브리더(breeder, 전문 사육사 또는 교배사)들의 개가 더 낫지."

"머리가 큰 개는 공격적이야."

신념은 우리의 감정, 태도, 행동을 만들어내고 이끈다. 우리가 겉으로 보이는 모든 반응 뒤에는 신념이 자리잡고 있다. 그 신념은 우리의 경험, 사회에 깃든 역사와 전통, 종교, 양육자, 또래, 교육 등 아무것도 모르던 어린 시절부터 우리에게 영향을 준 다양한 요소들을 통해 발달한 것이다.

우리 눈에 보이는 행동은 대개 표면 아래에서 일어나고 있는 다른 현상으로 인한 것이다. 한 가지 예로 대부분의 사람들이 '공격성'이 표출되었다고 여기는 행동은 사실 불안, 두려움, 스트레스 혹은 본능적 욕구가 충족되지 않았거나 의학적 문제로 인한 경우가 많다. 그러니 충분한 시간을 들여 표면의 층들을 벗겨낸다면, 그 아래에서 실제로 무슨 일이 일어나고 있는지 알 수 있을 것이다.

개들은 우리에게 지금까지 지켜온 신념에 의문을 가져보라고 부드럽고 다정하게 응원한다. 우리의 생각이 논리적인지, 혹시 편견을 가지고 있진 않았는지 자문해보자. 그리고 우리가 삶의 여정을 지나오며 그런 신념을 갖게 된 것에 대해 다른 사람들의 책임을 묻지는 말자. 언제나 드러나지 않은 것들을 고려해야 한다. 행동 이면에 무엇이 있는지 말이다. 예를 들어 남을 괴롭히는 사람이나 동물은 대개 스스로 '충분하다'는 느낌을 받지 못해서 매우 불안한 상태라고 할 수 있다. 그들은 상황을 통제하거나 자신의 힘을 증명하고 싶어하며 외부의 관심을 갈구하는 중이다.

눈에 보이는 것 이면에서 벌어지는 일을 알려고 노력하면 주변 세상을 더 깊이 이해하게 되고, 효과적으로 접근하는 법도 자연스레 터득하게 된다. 이것이 바로 성장이자 성숙이다. 행동을 다루기 전에 그 행동의 씨앗이 무엇일지 생각해보자. 결코 겉모습만으로 판단하지 말자.

함부로 개를 만지면 안 되는 이유

사적인 공간은 우리 인간에게만큼이나 개들에게도 중요하다. 자기만의 공간을 가지는 것은 개들의 권리다. 그런데 사람들은 끊임없이 개들의 영역을 침범한다. 어떤 개는 이를 아무렇지 않게 넘기지만, 그것을 문제 삼는 개들도 있다. 후자의 경우 자기 방식대로 문제를 처리하려 하는 것을 반려인이 용납하지 않으면 개가 곤경에 처하기도 한다.

당신이 길모퉁이에 서서 친구와 대화를 나누고 있다고 상상해보자. 갑자기 낯선 사람이 바싹 다가와 인사를 건네며 당신의 어깨나 팔 혹은 몸 어딘가를 쓰다듬고 여기저기 만지기 시작한다. 그러면 당신은 깜짝 놀라지 않을까? 불편해하지 않을까? 그럴 때 당신은 어떻게 반응할까? 아마 한 걸음 뒤로 물러나 공간을 확보하고 그 사람에게 물러서라고 경고할 것이다. 그 강도는 사람마다 달라서, 몇몇은 좀더 강한 반응을 보일 수도 있다.

개들도 자신의 영역을 누가 침범하면 슬며시 머리를 돌리거나 몸을 뒤로 빼 거리를 둔다. 혹은 자신이 불편함을 느끼니 상대가 물러날 필요가 있다는 것을 몇 가지 방식으로 알린다. 예를 들면 낮게 으르렁대거나, 이빨을 드러내거나, 목 뒤의 털이 곤두서거나, 몸에 힘이 바짝 들어가거나, 노려보는 행동을 한다. 인간이 이러한 반응을 이해하지 못한다면 개들은 자신의 뜻이 확실하게 전달되도록 더 강하게 경고할지도 모른다.

특히 어린아이들과 개 사이에 이런 상황이 자주 벌어진다. 개들이 불편하다는 신호와 경고를 계속 주었음에도 아이들은 눈치채지 못한다. 결국 곤란에 처하는 것은 안타깝게도 대부분 개들이다.

물론 개는 인간과 다른 동물이다. 하지만 그들 또한 편하게 지내고 자신만의 공간을 가질 권리가 있다. 개의 지지자가 되어 그들을 대변하는 것은 후견인이자 보호자 그리고 동반자인 우리의 몫이다. 절대 어린이와 동물들만 있도록 방치해서는 안 된다. 또한 개가 자기를 '껴안고' 쓰다듬고 몸 여기저기를 만져주기를 원한다고 멋대로 짐작해서도 안 된다.

인간은 저마다 다른 고유한 성격을 지녔으며, 이는 개들도 마찬가지다. 신뢰와 존중은 또 다른 신뢰와 존중을 낳는다. 다른 누군가의 사적인 공간으로 들어가려면 먼저 그 사람과의 관계 형성이 필요하다. 유대와 신뢰를 쌓으면 그곳에 들어갈 권리를 얻을 수 있다. 자기만의 공간을 가지는 것은 인간과 개 모두의 권리이다.

'쓰다듬기'는 매우 친밀한 행동이지만 인간들은 종종 중요한 사실을 간과한다. 만져지는 개가 편안할지 고려하지 않고 그저 자신의 만족감을 위해 쓰다듬는 것이다.

어린아이들이 개의 공간을 침범할 때 개는 불편하다는 신호를 보낸다. 하지만 아이들이 이를 무시하고 계속 밀고 들어오면 개는 점점 시험에 빠지게 된다. 결국 참다못한 개가 불편한 감정을 강력하게 표현하면 사람들은 개를 비난하고 쫓아내기까지 한다. 개는 줄곧 자신의 영역을 침범하지 말아달라고 정중하게 요청했는데도 말이다.

반려견이 보내는 신호를 알아채고, 해석하는 법을 배우고, 적극적으로 지지하는 것이 우리의 역할이다. 반려견뿐만 아니라 우리 자신, 그리고 한 공간에 있을 모든 존재를 지지하자. 각각의 존재를 존중해야 한다. 자기만의 공간에 대한 그들의 권리를 지켜주자.

생각을 좀 줄여도 괜찮아요

개는 단순하고 놀라운 생명체다. 그들은 순간에 살고 순간에 반응한다. 그에 비해 인간은 생각이 너무 많다. 나 역시 지나치게 생각이 많은 사람인데, 깨달은 것이 있다. 이 깨달음은 내 모든 반려견들이 가르쳐준, 그리고 앞으로도 계속 가르쳐줄 교훈이기도 하다.

나는 무엇이 과도한 생각을 일으키는지 알게 됐다. 완벽주의, 두려움, 모든 것이 확실하게 보장되기를 바라는 마음, 예전의 고통스러운 경험을 되풀이하고 싶지 않은 갈망, 아직 부족하다는 생각, 조급함, 자신이 모든 것을 통제할 수 있다는 착각, '~해야 했는데', '~할 수 있었는데', '~했을 텐데' 혹은 '만약 ~라면'과 같은 말들을 반복하며 과거나 미래 속에 살기, 감정, 흑백 논리, 감당할 수 없을 정도로 쌓인 일들 그리고 '나는 이런 사람이다' 하는 자기 인식 등.

하지만 우리는 생각이 너무 많으면 더 정체되는 경향이 있다. 생각에 빠져 꼼짝도 못하고 한 발짝도 앞으로 나아가지 못한다. 그러면 발전할 수 없다.

과도한 생각에 빠지지 않으려면 스스로에 대한 알아차림이 중요하다. 너무 많은 생각을 하지 않는 것은 하나의 훈련이자 과정이며, 능동적 명상의 한 형태이기도 하다.

스스로를 점검하는 것은 우리 자신의 몫이다. 반려견과 함께 있을 때, 우리는 몸과 마음 모두 현재에 있어야 한다. 그 순간에 모든 관심을 기울이고, 개와 함께 온전히 즐기기 위해 우리의 힘을 쏟아부어야 한다. 그러니 '만약 ~라면', '할 수 있었는데', '~해야 했는데', '~했을 텐데'와 같은 말은 이제 그만하고, 다만 존재하자. **인간**으로.

개는 단순하고 놀라운 생명체다.
그들은 순간에 살고 순간에 반응한다.
그에 비해 인간은 생각이 너무 많다.

로봇이 아닌, 관계를 만드는 일

모든 건강한 관계의 핵심에는 신뢰와 존중이 자리한다. 이는 종에 상관 없이 적용되는 사실이다. 신뢰와 존중이 없으면 관계가 자라날 수 없다. 튼튼하고 오래가는 토대, 다시 말해 단단한 땅이 없는 것과 같기 때문이다.

반려견 훈련은 로봇을 만드는 일이 아니라, **관계를 형성하는 일**이다. 연결되고, 유대를 쌓고, 동반자로서 최고의 팀워크를 만드는 일이다. 반려견과 힘든 시간을 보내고 있는 의뢰인들과 상담해보면 개들과의 관계에 부족한 부분이 있는 경우가 많다. 제대로 된 관계를 맺기 위해 충분한 시간을 들이지 않은 사람이 대부분이었다. 많은 반려인들이 개나 강아지를 집에 데려와서는 무한한 애정을 주고, 주고, 또 준다. 방만한 자유와 수많은 특권을 너무 쉽게 그냥 베푼다. 개가 노력해서 얻는 것은 아무것도 없다.

반려견의 본능적 욕구를 충족해주지 못한다는 것은 관계의 가장 중요한 토대인 '신뢰와 존중'을 확립하지 못하고 있음을 의미한다. 키우는 개가 '가여운' 유기견이라서, '불행한 과거를 보상'해주기 위해 헌신하는 중이라서, 훈련을 하기에는 '너무 작고 귀여운' 개라서, 체계와 규칙을 가르치기에는 '너무 어리고 사랑스러운' 강아지라서 등 여러 가지 이유와는 상관없이 말이다. 당신이 개와 계속 좋은 관계를 맺고 싶고 개가 정서적으로 안정된 상태에서 양질의 삶을 살아가길 원한다면 신뢰와 존중은 꼭 필요하다.

부모가 아이를 키울 때 아이가 원하는 것을 전부 해준다면, 다시 말해 장난감, 사탕, 탄산음료, 콘서트 티켓을 매번 조건 없이 사주고, 집에 돌아와야 할 시간을 정해주지도 않고, 운전면허를 따자마자 자동차를 사준다면 그 아이가 어떤 사람이 될지 생각해보자. 버릇없고, 반항적이고, 화를 잘 내고, 고집 세고, 자신의 권리만 주장하는 자기중심적인 사람이 될 것이다. 이런 사람은 규칙도 체계도 경계도 없고, 결정적으로 다른 사람에 대한 신뢰나 존중, 배려가 없다. 당연히 좋은 관계를 맺을 수도 없다.

개들도 마찬가지다. 야생의 개들은 먹이를 찾으러 돌아다니는 노력 없이는 아무 것도 먹지 못한다. 먹이 구하기, 서열에서 높은 위치 차지하기, 짝짓기 대상 찾기 등 모든 것을 노력을 통해 얻어야 한다.

어떻게 하면 반려견과의 사이에 신뢰와 존중을 쌓을 수 있을까? 개가 가진 본능적 욕구에 대해 배우고 그것을 적극적으로 충족해줌으로써 그렇게 할 수 있다. 개는 인간이 아니다. 그러므로 개를 사람 대하듯이 대하면 안 된다. 그렇게 하는 것은 혼란과 불안, 그리고 불균형을 초래할 뿐이며, 결국 문제 행동이라는 결과로 나타나게 된다. 신뢰와 존중만이 또 다른 신뢰와 존중을 부른다.

반려견 훈련은 로봇을 만드는 일이 아니라,

관계를 형성하는 일이다.

우리는 몸을 움직이기 위해 태어났다!

다리가 몇 개이든 모든 동물은 움직이기 위해 만들어졌다. 그러므로 계속 움직여야 한다. 몸을 움직이면 건강해지고, 정서적으로 안정된다. 탄탄한 육체와 또렷한 정신을 가지고 싶은 것은 인간과 개 모두의 자연스럽고 본능적인 욕구다.

우리는 에너지를 필요로 하는 존재이며, 우리의 신체 기능과 체계는 호흡과 심장 박동, 뇌 기능, 신체 활동 등을 통해 에너지를 흡수하고, 활용하고, 태워 없애도록 설계됐다. 그러니 이 중요한 욕구에 배출구를 제공하는 것은 스스로를 책임지는 일이며, 우리가 보살피며 삶의 질을 높여줘야 할 개들에 대한 의무이기도 하다. 에너지가 매일 일정한 흐름을 유지하기 위해서는 적절히 흡수되고 방출되어야 한다. 흡수되었는데 갈 곳을 찾지 못한 에너지는 큰 불균형을 초래한다. 예를 들어, 음식으로 너무 많은 에너지를 얻은 개가 충분한 움직임을 통해 과잉된 에너지를 소진하지 못하면 신체적인 균형이 깨진다. 또한, 개마다 비축할 수 있는 에너지의 양이 다르므로, 그에 맞는 적절한 유형의 운동을 하지 못하면 개들은 정신적 균형이 깨져 스스로 올바른 선택을 할 수 없게 된다. 감정적인 에너지를 건강한 방식으로 표현할 배출구가 없을 때 역시 불안정한 상태가 되어 결국 건강에 해롭거나 남들에게 불쾌한 방식으로 감정을 표출할 것이다.

매일 운동을 하는 것은 동물이 지닌 절대적 욕구지만 미국에서는 가장 충족되지 않는 욕구이기도 하다. 유명한 심리 전문가인 브레네 브라운Brene Brown 박사는 "우리는 미국 역사상 가장 빚이 많고, 가장 뚱뚱하며, 가장 중독되어 있고, 가장 많은 약을 복용한 성인 집단"이라고 지적한 바 있다. 마찬가지로 미국의 개들도 지구상에서 가장 비만에, 가장 심리적인 문제가 많고, 가장 신경증적이고, 가장 중독되어 있으며, 가장 많은 약을 복용한 동물 집단이다. 우리는 개들이 본능과 동떨어진 방식으로 살도록 강요해왔으며, 충분히 운동을 시켜주지 않고, 문제 행동의 근원을 해결하기 위해 시간과 노력을 쏟는 대신 약을 투여한다. 불안정하고, 스트레스가 가득하고, 조급하고, 좌절과 두려움을 느끼는 상태에서 개들을 안내하고 이끈다.

개에게 에너지를 내보낼 배출구를 만들어주지 않으면 '갇힌' 에너지들이 계속 쌓인다. 그러면 개의 정서가 변하고 기존의 문제 행동이 강화되며 에너지를 내보내려고 안 하던 문제 행동을 새롭게 만들어내기도 한다. 마당에 구덩이를 파놓거나 신발을 내다 버려야 할 만큼 물어뜯고 소파의 팔걸이나 사람의 바지를 너덜너덜하게 뜯어놓는 등 모든 행동이 에너지를 배출하기 위한 것이다. 참고로 마당이 있다고 산책을 대체할 수 있는 건 아니다.

운동, 즉 신체 에너지의 방출과 소비는 개와 인간이 안정을 찾고 유지하는 데 큰 역할을 한다. 일상적인 산책과 함께 킥복싱, 하이킹, 달리기 등을 즐겨보자. 특히 감정이 북받칠 때 해보면 기분이 훨씬 나아질 것이다. 에너지가 움직이고 흐르다 빠져나갈 배출구를 마련하면 신체적, 정신적, 그리고 정서적으로 도움이 된다. 에너지는 흘러야 한다. 막히거나 정체되면 문제가 발생한다.

명심할 것은 개는 인간만큼이나 개별적인 존재로, 건강과 균형을 유지하는 데 필요한 에너지 수준이 저마다 다르다는 것이다. 그러니 운동의 강도와 지속 시간이 당신의 반려견에게 충분한 수준인지 확인해라. 운동할 시간이 많지 않다면 강도를 높여보자. 시간이 충분하다면 강도를 그대로 유지하면 된다.

인간이든 개든 에너지를 흡수한 만큼 연소해야 건강하게 생활할 수 있다. 우리는 몸을 움직이기 위해 태어났다!

개마다 맞는 훈련법이 있다

모든 존재는 종, 유형, 피부색, 성별과 계층에 상관없이 개별적이고 독특하다. 그런 만큼 학습 능력 또한 저마다 다르다.

아이들로 가득 찬 교실의 수학 시간을 떠올려보자. 교실에 앉아 있는 모든 아이들이 같은 속도와 방식으로 배우지는 않을 것이다. 교사의 수업 방식이 어떤 아이에게는 공감을 얻지 못할 수도 있다. 좌절감이 들고, 오해가 생기고, 수업을 따라가지 못한다. 낮은 점수를 받으니 자신감이 떨어지고 결국 자존감에 타격을 입는다. 이럴 때 비난과 심판의 화살을 받는 건 아이이며, 아이의 학습 능력이 비판의 대상이 된다. 훈련에 실패하는 개도 이런 경우와 비슷하다.

효과적으로 가르치려면 먼저 대상을 이해해야 한다. 수업 내용만 중요한 게 아니라 수업을 듣는 학생도 중요하다. 학생을 이해하지 못하면 동기를 부여하고 수업에 참여시킬 수 없다. 참여시키지 못하면 관심을 계속 끌지도 못할 것이다. 그러면 가르치고 훈련하는 모든 행위가 헛수고가 되고 만다.

배우는 대상이 누구인지, 그들에게 동기를 부여하는 것은 무엇인지, 어떻게 해야 그들이 훈련에 계속 참여하고 집중할지, 그들이 가진 특별한 재능은 무엇이고 그 재능으로 무엇을 키워가고 있는지 알려고 노력하는 것이 가장 효과적인 훈련의 시작이다. 그러기 위해선 개의 언어를 배워 그들이 이해할 수 있는 방식으로 메시지를 전해야 한다.

개는 단순하면서도 섬세한 존재들이다. 자신에게 즐거움을 주거나 자신의 생존을 보장해주는 것들을 원한다. 먹는 것을 유독 좋아해 음식으로 동기 부여가 잘 되는 개도 있고, 공던지기나 터그 놀이(줄을 물고 당기는 놀이) 또는 턱 아래를 긁어주는 것으로 기분이 좋아지며 동기를 부여받는 개들도 있다. 품종이나 성격을 고려해 무엇이 개의 마음을 자극하고, 흥분시키고, 활기 넘치게 하는지 생각해보자. 무엇이 가장 효과가 있는지 알아내고 그것을 활용하자!

효과적으로 가르치기 위해서는 먼저 상대를 이해하자. 너그러운 마음을 갖고, 이해시킬 방법을 찾자. 동기를 부여하고, 가르치자. 좋은 관계를 만들어나가자. 그리고 칭찬하자!

반려견 훈련은 단순하다. 소모와 단련이다.

개의 에너지를 소모하고 두뇌를 단련시켜야 한다. 신체와 정신 에너지 둘 다 태우는 것이다. 몸에 쌓인 에너지를 배출하면 개의 뇌가 새로운 정보를 더 잘 이해하고 받아들일 수 있게 된다. 뇌에 유익한 정보를 제공하고 마음을 안정시키는 활동은 인지와 행동 발달에 모두 도움이 된다. 일관된 조건 아래에서 일관된 훈련을 반복하는 것이 중요하다.

가끔 걸음을 멈추고 장미 향기를 맡자

개들은 얼마나 훌륭한 리마인더reminder(기억하고 싶은 것이나 기억해야 할 것을 떠올리게 하는 도구—옮긴이)인가.

우리는 무엇을 하든지 간에 '충분하지 않아' 그리고 '많을수록 좋아'라고 믿게 만드는 문화 속에 살고 있다. 각종 전자 기기와 디지털 서비스는 모든 일을 더 많이, 더 잘, 그리고 더 빨리 처리할 수 있다고 광고한다. 즐겁게 해야 할 일들이 또 다른 귀찮은 일이자 빨리 해치워야 하는 일이 되었다. 그러면서 우리는 점점 로봇으로 변해간다. '인간 존재human be-ings'가 아니라 '인간 행위자human do-ings'가 되어가고 있는 것이다.

반려견은 이런 변화에서 벗어나라고 우리에게 속삭인다. 우리가 우리의 존재 상태being-ness와 다시 연결되기 위해서는 세상과 잠깐 단절되어야 한다고. 잠시, 어쩌면 완전히 멈춰야 한다고. 그리고 지금 이 순간을 받아들이라고. 그저 존재하는 것이 아니라, 순간을 온전히 받아들이는 존재가 되어보라고 일러준다.

우리에게 주어진 모든 순간이 축복이고, 사치이며, 특권이다. 개들은 우리가 받아들일 거라는 희망을 품고 이 사실을 다시 떠올릴 수 있도록 도와준다.

다음번에 반려견과 외출할 때는 핸드폰을 깊숙이 넣어두자. 그리고 30분 이상 오직 당신의 개와 함께하는 순간에 집중해보자. 어제 일어난 일이나 내일 해야 할 일, 심지어 산책 직후에 해야 할 일까지 모든 생각을 머릿속에서 지워버리자. 나뭇잎 바스락거리는 소리에 귀 기울여보자. 주위를 둘러보면 새들은 나뭇가지 위에서 지저귀고 다람쥐들은 열매를 찾아 이리저리 돌아다니고 있을 것이다. 개와 함께 산책하며 신선한 공기를 즐길 수 있다는 사실에 감사하자.

인생은 경주가 아니다. 이 순간과 나날을 흘려보내지 않도록 노력하자. 가끔은 걸음을 멈추고 장미 향기를 맡자. 모든 것이 우리 주변에 있다.

크기, 생김새, 품종이 개의 성격과 행동을 말해주지는 않는다.

제대로 가르치고 이끌 수 있도록 개들과 명확하고 효과적으로 소통하는 법을
배우는 것은 우리의 몫이다. 우리가 시간과 노력을 들이며 전적으로 관심을 쏟
을 때 '훌륭한 개'가 탄생한다.

개는 당신의 행동을 닮아간다

반응, 대응, 행동 그리고 단어 선택, 모든 것이 우리가 가진 기존의 신념에서 비롯된 표현의 형태들이다. 이 신념이 우리가 우리 자신과 우리를 둘러싼 주변 세계를 인식하는 방식 그리고 그것을 통해 관계를 맺는 방식도 결정한다. 우리가 반려견에게 전달하는 정보 또한 이 신념의 영향을 받는다.

당신은 다른 이들과 어울려야 하는 상황이 무섭고 긴장되는가? 날마다 스트레스를 받고 서두르며 살아가는가? 혹시 개를 혼내거나 훈육하면 개의 기분이 상해 더 이상 당신을 좋아하지 않을까 봐 두려운가? 당신 안의 공허한 감정을 채우기 위해 개를 압박하고 있진 않은가? 반려견이 과거를 떨쳐내고 앞으로 나아가도록 돕는 대신 '잘못된 과거를 바로잡기' 위해 더 많은 시간을 보내고 있거나, '완벽'에 대한 부당한 기준을 요구하고 있진 않은가?

우리가 발산하는 에너지와 속마음 그리고 우리가 1년 365일 24시간 동안 받아들이고 반복해서 보는 세상 이야기는 우리와 가까이 있는 이들에게 큰 영향을 미친다. 좀더 차분하고, 안정적인 상태가 되어 능동적으로 자신감 있게 세상에 다가가려는 노력은 우리 자신뿐만 아니라 반려견, 어린아이 등 우리의 안내와 지시를 기다리는 모든 존재에게도 도움이 된다.

반려견과 함께 시간을 보낼 때는 우리가 우리의 반응과 대응 그리고 행동을 통해 어떤 정보를 제공하고 있는지 계속 의식하는 것이 중요하다. 왜냐하면 개는 주어진 모든 순간에 어떻게 느끼고 무엇을 해야 하는지를 우리 인간에게 의지하기 때문이다.

반려견과의 관계를 살필 때는 개만 바라볼 것이 아니라, 다른 한쪽에 있는 우리도 똑같이 고려해야 한다. 자신감이 부족해 겁과 의심이 많은 사람의 경우, 그 사람이 키우는 개 또한 불안정한 행동을 보일 가능성이 크다. 개가 방어적인 태도를 보이면 그것은 반려인이 특정한 상황에 대처할 자신도 용기도 없다는 뜻을 내비쳤기 때문이다. 개가 불안해하고 예민하게 군다면, 그것은 자신을 가르치고 지지해줄 리더가 없다고 느껴서다.

우리 모두에게는 각자의 이야기가 있지만, 그것은 영원불변의 이야기가 아니다. 우리가 맞이하는 매일은 변화를 받아들일 준비가 된 빈 페이지이자 활짝 펼쳐진 캔버스다. 반려견은 바로 이 사실을 알려주기 위해 우리의 삶에 등장하며, 가장 정직한 방법으로 그렇게 할 것이다.

우리는 반려견의 교사, 리더, 연결자 그리고 '길 안내자'로서 반려견의 마음과 행동을 파악하고 그들이 가진 에너지와 기분을 조절할 책임이 있다. 하지만 먼저 우리 자신을 조절하는 법을 배우지 않는 한 반려견을 책임질 수도 없고, 개들이 스스로 조절할 수 있기를 기대할 수도 없다.

털로 가려진 천사, 개

"삶의 의미는 자신의 재능을 찾는 것이고, 삶의 목적은 그것을 나누는 것이다."

—파블로 피카소

당신이 왜 여기에 있는지, 당신은 무엇을 하기 위해 태어났는지 궁금했던 적이 있는가? 뭔가 더 의미 있는 일을 해야 한다는 아련한 느낌이 든 적이 있는가?

우리는 모두 어떤 목적을 가지고 세상에 태어나며, 세상과 공유해야 할 메시지가 있다. 단지 우리의 존재만으로도 이것을 증명할 수 있다. 우리의 임무는 용기를 가지고 이 목적을 찾아내는 것이다. 익숙했던 지금까지의 상황과 주어졌던 요구와 기대들에서 벗어나되 무슨 일이 있어도 지지받을 것이라는 믿음과 신념을 유지하면서 새로이 도전하며 삶의 목적을 찾아야 한다.

어린 시절은 새로운 정보와 깨달음들로 가득하다. 우리는 이것저것 즐겁게 받아들이며 살아 있다는 기분을 느꼈고, 뭘 했다 하면 시간 가는 줄 모르고 빠져들었다. 그 시절을 돌아보면, 우리의 목적, 즉 우리가 받은 소명의 방향을 가리키는 단서들이 있다.

반려견은 자신을 가장 필요로 하는 사람의 삶에 매우 특별한 방식으로 나타난다. 어떤 개들은 스스로 나아가는 방법을 알려주고, 어떤 개들은 치유를 도우며, 또 어떤 개들은 건강한 경계가 필요한 이유를 알려준다. 개들은 털로 가려진 천사이자 선생님이다.

앞서 말했듯 욕구가 충족되지 않으면 사람이나 개 모두 신경증적인 행동을 하게 된다. 우리는 보통 TV 시청을 지나치게 많이 하거나 음주, 섹스, 쇼핑, 마약, 강박적인 청소 같은 행위로 감각을 마비시키는 대응 기제를 쓰기 시작한다. 개들은 과도하게 짖거나 땅을 파고 날뛰거나 혹은 특정 대상에 공격성을 보이거나 집착하는 형태의 문제 행동들로 욕구 불만을 표현한다.

개와 인간의 본능적인 욕구는 다르지만 닮은 점도 많이 있다. 그리고 누구나 각자의 개별적 욕구가 충족될 때 삶에서 안정감을 느낀다는 것은 개와 사람 모두에게 적용되는 진실이다. 우리는 있는 그대로의 모습으로 살아가며 적극적으로 세상에 기여할 때 삶을 주도하고 있다고 느낀다. 그렇게 스스로를 존중하고, 그럼으로써 다른 사람들을 존중하게 된다.

그러니 자기 자신에게 진실해지자. 삶의 목적을 찾아 헤매지 말고 그것을 '기억'해내자. 그것은 줄곧 우리 안에 있었다. 털로 가려진 천사, 개들은 그것을 기억해내도록 도와준다.

반려견은 자신을 가장 필요로 하는 사람의 삶에 매우 특별한 방식으로 나타난다. 어떤 개들은 스스로 나아가는 방법을 알려주고, 어떤 개들은 치유를 돕고, 또 어떤 개들은 건강한 경계가 필요한 이유를 알려준다.

개들은 털로 가려진 천사이자 선생님이다.

반려견과 타이밍을 맞춰요

우리는 적절한 타이밍을 맞추기 위해 의식적으로 노력한다. 상사에게 문제를 제기할 때, 사랑하는 사람과 함께할 때, 알맞은 농담을 던져야 할 때, 심지어 반려견과 함께할 때조차 그렇다. 모두 타이밍이 얼마나 중요한지 말해준다. 메시지가 받아들여지는 방식은 물론 그 효과에도 큰 영향을 미치는 요인이 바로 타이밍이다.

타이밍을 잘 맞춘다는 것은 상황의 맥락을 세심하게 파악하고, 받아들이는 이의 기분을 추측할 줄 알며, 목소리, 몸짓, 메시지의 명확성, 에너지와 의도 등 전달 수단에 설득력이 있다는 것을 의미한다.

공기 중에 긴장감이나 불편함이 감도는가? 당신은 어떤 감정을 느끼고 있는가? 자신이 있는가, 아니면 불안한가? 초조한가, 아니면 편안한가? 원하는 결과를 얻으려면 또렷한 상태로 현재에 집중해야 한다.

반려견을 대할 때도 타이밍이 중요하다. 문제 행동을 교정하고 그에 대한 보상을 줄 때, 다른 곳으로 주의를 돌려야 할 때, 부드럽게 접근할지 단호하게 접근할지 정해야 할 때, 그리고 적응과 학습에 어떤 환경과 방식이 가장 적합할지 정해야 할 때도 전부 정교하게 타이밍을 맞추는 기술이 필요하다.

보스가 아니라 리더가 되자

인간은 사회적 동물이며 회사, 군대, 가족 등 모든 형태의 인간 집단에는 '리더', 즉 상사, 장군, 부모 등 지시하고 안내하고 인도하는 '우두머리'가 필요하다. 또 다른 사회적 동물인 개 역시 마찬가지다.

하지만 '리더'와 '보스' 사이에는 엄청난 차이가 있다. 전자는 존경을 받고, 후자는 존경을 요구한다는 것이다.

진정한 리더들은 확실한 존재감을 가지고 있다. 그 존재감은 흔들리거나, 변치 않으며, 주변 상황에 개의치 않는다. 그들에게서는 안정감이 느껴지는데, 이는 그들이 감정에 휘둘리지 않고, 냉철하며, 평온하고, 매우 침착하다는 것을 의미한다. 리더들은 자신이 내린 결정과 접근 방식을 끝까지 밀고 나간다. 공정하고 단호하며, 집단의 구성원에게 우호적인 분위기를 조성한다. 또한 행동에 대한 규칙과 경계, 그리고 한계를 일관되게 유지한다.

리더는 자신감이 있고 원한을 품지 않는다. 비전과 결과에 애착을 갖지만, 사소한 것까지 일일이 반응하지는 않는다. 집단의 요구에 부응하고, 구성원들의 성공과 생존에 전념한다. 집단 구성원과 함께 현장에서 직접 행동하고 길을 제시한다. 리더십은 일상적인 훈련이자 생활 방식이며, 접근하는 태도, 그리고 존재 방식이다.

반면 보스는 주로 자기 자신에게만 관심이 있다. 그들의 접근 방식은 좀더 근시안적이고 자기중심적인 경향이 있다. 보스는 두려움을 자극해 존중과 복종을 강요한다. 그들은 다른 사람들을 비난하고 이용하며 명령을 내린다. 보스의 이런 접근 방식은 대개 불안정하고 자신감이 부족하며 스스로에 대한 의심이 많은 데서 비롯된다.

당신이라면 리더와 보스 중 누구를 따르겠는가?

모든 인간이 리더의 자질을 가지고 태어나는 건 아니다. 그러니 반려견의 등장은 우리의 도전 의식을 자극하는 일일 수 있다. 개들은 자신의 행동과 전반적인 태도를 통해 우리가 무엇을 하고 있고, 무엇을 하고 있지 않은지 알려준다. 이것이 바로 우리가 반려견에게 꼭 필요한 리더가 되도록 노력해야 하는 가장 중요한 이유다. 개의 욕구를 충족해주고, 안정적인 상태를 유지하도록 돕고, 개가 본능적으로 신뢰하고 존중하며 따를 수 있는 에너지의 원천이 되는 것 말이다.

우리는 항상 우리에게 꼭 필요한 개와 만난다. 그들은 우리가 단호해져야 하거나 부드러워져야 할 때를 알려줄 것이다. 반려견은 우리가 신호와 명령을 내리고 안내해주기를 기대한다. 당신의 개에게 필요한 리더가 되자. 리더십을 쌓는 훈련은 개와의 관계에 도움이 될 뿐 아니라, 당신 삶의 다른 모든 측면에도 긍정적인 영향을 미칠 것이다.

반려견의 마음을 잘 관리하는 것은 우리의 책임이다.

의미 있고 소중한 순간마다 그들과 온전히 함께하는 것으로 책임을 다할 수 있다. 현재의 순간을 살아가면, 주파수를 다시 맞추고 개들에게 귀 기울일 수 있는 것이다. 하지만 과거나 미래에 얽매여 살아가면, 소중한 가르침의 순간들을 놓쳐버린다.

그렇게 되면 문제를 해결하는 것이 아니라 그저 문제에 대해 반응할 뿐이다.

내면이 단단하여 흔들림 없는 상태가 아닌 감정적이고 불균형한 상태로 문제에 반응하게 되는 것이다.

모험심을 간직하자!

우리는 결과가 '확실한 일'에 집중하지만, 때로는 약간의 모험을 해보는 것도 중요하다.

일상 속에서 체계와 규칙을 지키는 일은 우리에게 안정감과 확신, 통제가 잘 되고 있다는 느낌을 준다. 규칙적인 일상이 자리를 잡으면 생활이 자동으로 돌아가므로 걱정거리가 줄어들기 때문이다. 규칙적인 일상은 끊임없이 변화하는 환경 속에서 우리가 편안할 수 있도록 도움을 준다. 반면 모험심을 유지하는 것은 삶이 진부해지지 않게 도와주며 균형감과 생동감을 느끼게 한다. 삶에는 해야 할 일 외에도 훨씬 더 즐거운 일들이 많고, 반려견은 우리가 이것을 기억하기를 바란다.

단조로운 일상에서 벗어날 때, 우리는 해야 할 일들이 미리 정해지지 않은 순간들을 즐길 수 있다. 그러면서 재충전의 시간을 가진 뒤 더 뚜렷해진 감각과 새로운 목적의식을 가지고 다시 일상으로 돌아올 수 있다.

　날마다 장엄한 광경이 펼쳐진다. 매일 아침 믿을 수 없을 정도로 감동적인 일출이 새로운 하루의 시작을 알리며 우리가 남길 발자취에 대비한다. 하루가 저물 때는 아름다운 노을과 별이 총총한 밤하늘이 뒤따른다. 1년에 365번 눈부신 빛의 향연이 펼쳐지지만, 그것을 여유롭게 바라보는 사람은 거의 없다.

　반려견은 우리가 눈앞의 기회를 놓치지 않고 현재에 충실할 수 있도록 도와준다. 주어진 순간을 최대한 즐기려면 모험심을 간직한 채 안전지대를 벗어나야 한다. 개들은 언제나 기꺼이 우리의 일탈에 가담하여, 순간에 온전히 집중하는 법을 우리에게 보여준다. 그리고 우리가 뛰어드는 모든 모험을 풍요롭게 만들어준다.

　해야 할 일을 하자. 하지만 인생을 즐기는 것도 잊어서는 안 된다.

개들은 언제나 기꺼이 우리의 일탈에 가담하여,

순간에 온전히 집중하는 법을 우리에게 보여준다.

그리고 우리가 뛰어드는 모든 모험을 풍요롭게 만들어준다.

훌훌 털어 버려요

테일러 스위프트의 매혹적인 노래 〈털어 버려Shake it off〉는 그녀가 개에게서 영감을 받아 만든 노래다.

털어 버리자. 놓아 버리자. 잊어버리자. 나아가자. 극복하자. 한마디로, 지나온 것들을 놓아주고 계속 앞으로 나아가자.

개가 몸을 흔들 때는 물을 털어내려는 것 외에 스스로를 진정시키려는 목적도 있다. 지나친 자극이나 강한 스트레스를 받을 때, 개는 안정을 찾기 위해 그런 행동을 한다. 이 같은 대응 기제는 전후 사정과 밀접한 관련이 있기 때문에 상황과 환경, 분위기가 중요한 요인으로 작용한다.

우리 인간을 위한 '털어내기' 방법들도 많다. 반려견과의 산책, 하이킹, 달리기, 킥복싱과 같은 운동을 통해 강렬한 감정을 배출하기, 매트를 깔고 하는 요가 수련, 독서, 머릿속 생각을 일기장 같은 종이에 적으며 정리하기, 그림이나 춤 같은 건강하고 생산적 방식으로 감정적 에너지를 발산하기, 코미디 프로그램 시청하기, 낙천적이고 재치 있는 친구와 함께하기, 초연해지는 법을 배워 어떤 일을 감정적으로 받아들이지 않기, 마사지나 침술 치료 받기, 욕조에 소금과 에센셜 오일을 풀고 몸을 담그며 마음에 드는 향기를 찾기, 명상하기 그리고 원하는 인생을 살지 못할 거라고 생각하지 않기 등등.

우리는 각자의 삶에 누구를 그리고 무엇을 초대할지 뿐만 아니라, 우리가 각자 어떻게 반응하고 대처할지도 선택한다. 과도한 압박감으로 괴로울 때는 개의 행동을 따라 해보자. 자신에게 약간의 여유를 허락하고 전부 털어 버리자!

털어 버리자. 놓아 버리자. 잊어버리자. 나아가자!

칭찬은 강아지도 춤추게 한다!

남들의 반응에만 의존해 정체성을 만들어가면 안 되지만, 자신이 일을 잘 해냈다는 사실을 아는 건 기분 좋은 일이다. 감사하다는 편지나 몸짓, 하이파이브, 포옹, 환호성, 쏟아지는 박수갈채 등 열심히 노력한 것에 대한 칭찬과 인정은 사람의 마음을 얼마나 기쁘게 하는가. 그것이 얼마나 영광스러운지 당신도 잘 알고 있을 것이다.

우리는 '충분치 않다'는 (잘못된) 믿음이 만연한 세상에 살고 있다. 아주 어린 나이부터 우리를 길들이는 이 믿음은 어떤 사람이 되어야 하고 어떻게 살아야 하는지, '성공한 삶'이란 무엇인지 우리 대신 정의한다.

우리는 모두 자신만의 귀한 재능을 가지고 세상에 태어난다. 살아 있음을 느끼게 해주는 꿈을 추구하며 거기에 에너지를 쏟고 싶어한다. 하지만 마음을 움직이고 열정을 가지게 하는 그 꿈으로는 '벌어먹지 못할 것'이라는 말을 끊임없이 듣는다. 그런 일로는 돈을 벌지도,

성공하지도 못할 거라고 말이다. 그리하여 우리는 자신의 가치에 대해 의문을 품고 스스로를 의심하기 시작한다. 어딘가 부족하다는 공허함을 느끼며 열정을 무디게 하는 대응 기제를 만든다. 결국 영혼 없이 돈벌이를 위한 일을 하고, 다른 누군가의 꿈을 이루어주느라 인생을 허비하게 된다. 내가 가진 것이 충분치 않다고 믿도록 길들여졌기 때문이다.

우리 곁에 우리를 진심으로 믿어주는 누군가가 있다면 어떨까. 그런 지지는 우리 자신에 대한 그릇된 믿음, 즉 우리가 지닌 가치와 매력, 그리고 우리의 사회적 위치 등에 대한 잘못된 생각을 조금씩 벗겨낸다.

긍정적인 관심과 인정은 우리를 안심시킨다. 자신감과 자존감을 길러주고, 자신이 어떤 사람인지 깨닫도록 도우며 지지와 인정을 받는다고 느끼게 해준다. 개도 다르지 않다. 수줍음이 많거나 자신감이 부족한 강아지의 경우에는 더욱 그렇다. 격려를 담은 칭찬은 귀한 음식이나 간식보다 훨씬 좋은 효과를 발휘한다. 그 효과를 얻기 위해 당신은 개에 대해 잘 알아야 한다. 무엇에서 동기를 부여받고 기쁨을 느끼는지, 어떤 유형의 '보상'을 받을 때 노력할 가치가 있다고 여기는지 파악해야 하는 것이다.

잘했다는 칭찬과 고맙다는 감사의 말은 인간과 개 모두에게 오래 남는다. 우리는 긍정적인 마음과 의도가 담긴 모든 것을 느끼고 이해할 수 있으며, 이것들은 모든 제한과 경계를 넘어 우리에게 스며든다.

그러니 당신 자신과 반려견, 그리고 주변 사람들을 받아들이고, 고마워하고, 칭찬해주는 것을 매일 연습하자. 이것은 강력한 효과가 있는 훈련일 뿐만 아니라, 삶에 대한 훌륭한 접근법이기도 하다.

반려견 훈련의 전반적인 목표는 개와 신체적, 정신적, 감정적으로 단절되었던 상태에서 다시 연결되는 것이다. 연결된다는 것은 주파수를 맞추듯 서로에게 집중하고 조화를 이룬다는 뜻이다. 이 연결은 시간과 에너지를 투자하며 차근차근 이루어지는 과정이다. 연결은 일상적인 훈련이며, 명확한 소통과 관계, 성공이 자라나는 씨앗이다.

반려견의 지지자가 되어주세요

반려견을 이끄는 것이 우리의 역할이자 책임이다. 여기에는 가르치고 훈련하는 것뿐만 아니라, 그들의 마음과 기분의 상태를 관리하고 지지해주는 것까지 포함된다.

개들은 저마다 독특한 개성을 가졌으며, 편안함을 느끼는 수준도 각기 다르다. 인간도 내성적인 사람과 외향적인 사람이 있고, 민감한 사람과 둔감한 사람이 있고, 활기 넘치는 사람과 정적인 사람이 있고, 의지가 강하고 독립적인 사람과 의존적인 사람이 있는 것처럼 말이다.

반려견이 스스로와 세계에 대해 건강한 개념을 가지고 건전한 대응 기제를 찾도록 돕는 것이 우리의 역할이다. 하지만 그들을 있는 그대로 존중하고 모든 상황에서 지지해주는 것도 우리가 해야 하는 매우 중요한 일이다. 그들을 돌보고, 보호하고, 이끄는 사람으로서 말이다.

우리가 지지하면 개들은 우리를 더욱 믿고 따른다. 우리가 어떤 상

황에서도 개들을 지켜주고 대신 목소리를 높이며 나서주리라 기대한
다. 우리의 지시를 따르는 것이 안전하다고 느끼며 어떤 일이 닥치더
라도 우리가 해결해줄 수 있다고 믿는다.

지지하고 이끌어줌으로써 존중하고 사랑하는 것. 이것이야말로 인
간과 개 사이의 관계에 필수적인 요소다.

음식 이상의 보상을 생각하자

사전적인 의미로 조종이란 은밀하게, 혹은 그럴듯하게 속이면서, 심지어 폭력적인 방법을 통해 타인의 의식이나 행동을 변화시키려 하는 사회적 행위이다.

조종은 그 형태나 방법이 어떻든 결국 이기심을 채우기 위한 기만적 행동 또는 속임수다. 다시 말해 '목적이 있는 접근'이다.

뇌물을 제공하는 것도 조종의 한 형태다. 뇌물이란 예를 들자면 아이가 울음을 멈추도록 과자를 주거나 개가 그만 짖도록 간식을 주는 것이다. 이런 뇌물은 상황을 일시적으로 해결해준다. 그러나 장기적으로 보면 오히려 우리가 원치 않는 행동들을 장려하고 강화하는 역효과를 낼 수도 있다. 뇌물을 주면 아이와 반려견 모두 보상이 있을 때만 행동하게 된다. 우리가 아이나 개의 마음을 끌기 위해 뇌물을 사용하면, 둘 다 감사를 모르는 건방지고 이기적이고 고집스러운 성격이 된다.

반면, 긍정 강화는 바람직한 행동이나 어떤 엄청난 노력의 결과로 '보상'을 받는 것이다. 이때의 보상은 긍정적인 행동에 대한 인정과 감사의 차원에서 제공되는 것으로 격려의 의미를 가진다. 따라서 뇌물과 전혀 다르며 보상을 줄 때의 느낌과 에너지도 온전히 다르다. 두 훈련 사이에는 매우 다른 종류의 힘이 있는 것이다.

음식을 주는 것은 반려견과 소통하는 하나의 방식이자 강아지들을 처음 가르칠 때 특정 행동을 이끌어내기 쉬운 방법이다. 하지만 우리는 음식을 주는 의도가 무엇인지 스스로 점검하고 너무 음식에만 의존하지 않도록 세심한 주의를 기울이는 것이 중요하다. 다시 말하지만 먼저 상대방을 이해하고 배우는 방식과 능력에 맞게 가르쳐야 한다. 반려견을 훈련하는 동기와 접근 방식, 타이밍과 전달 방법에 따라 결과가 달라지며, 뇌물이 될 수도 있고, 긍정 강화가 될 수도 있다.

흥분 VS 동기부여

흥분과 동기 부여의 차이는 느끼는 강도에 있다. 무언가에 '흥분'한다는 건 지나치게 열광적인 상태로, '정상' 혹은 차분한 상태보다 훨씬 감정이 고조된 각성 상태를 의미한다. 반면 무언가에 의해 '동기 부여'가 된다는 건 무언가를 해볼 영감과 격려, 자극을 받는 것이다.

음식은 뇌를 흥분시킨다. 문제 행동을 하는 개들은 대부분 이미 기분이 쉽게 고조되는 각성 상태, 즉 '흥분' 상태로 살고 있다. 이 때문에 우리는 그들을 길들이고 보살펴서 안정과 균형을 찾게 해주길 원한다.

뇌가 지나치게 흥분하면 적절한 판단과 선택을 하는 능력을 상실하고, 새로운 정보를 받아들이고 유지하는 데 어려움을 겪는다. 흥분 상태의 개를 보상으로써 제어하려 하면 개는 더욱 흥분한다. 반대로 침착하고 동기가 부여된 개에게 보상을 주면, 더욱 침착해지고 더 큰 동기를 얻는다.

단순하게 말하면 동기 부여는 두뇌가 보다 안정된 상태로 무언가에 흥분하는 것이다.

당신의 개를 충분히 기다려주세요

신속함을 칭찬하고, 무슨 일이든 하루라도 빨리 해내기를 장려하며, 이를 가능케 하는 제품과 서비스를 생산하고 광고하는 문화 속에서 살아가고 있는 우리가 기대에 미치지 않는 것을 용납하지 못하는 것은 당연하다. 우리는 더 나은 것을 기다리기보다 즉시 얻을 수 있는 것을 선택할 때가 많다. 원하는 것이 있을 때 잠시도 기다리는 법이 없이 바로 얻으려 한다.

현대사회에 만연한 이런 사고방식은 우리가 처한 상황과 환경, 다른 사람들, 그리고 특히 우리의 반려견을 대하는 방식에까지 스며들고 있다. 반려견은 우리가 기다려주길 기대하며 이렇게 부탁한다.

"당신이 내게 원하는 것이 무엇인지 이해하려고 노력하고 있으니, 조금만 기다려주세요."

다시 말하지만 인간과 개는 서로 연결되고, 관계를 맺고, 생활 공간을 공유하고자 애쓰는 두 종의 서로 다른 동물이다. 둘은 서로 완전히 다른 언어를 사용한다. 둘 다 뇌를 가졌지만 두 뇌는 정보를 받아들이고 전달하는 방식이 매우 다르다. 그러니 우리가 원하는 것이 무엇인지 반려견이 그들 나름의 방식으로 이해하고 짐작할 수 있도록 우리가 도와야 한다.

개들은 에너지와 신체 언어를 이용해 의사소통하며, 우리의 마음을 읽고 판단할 때도 똑같은 방법을 이용한다. 개들은 신체 언어 해석의 달인이다. 그러니 개들이 우리를 최대한 이해하도록 돕기 위해서는 우리가 개들이 잘 아는 방식으로 소통할 필요가 있다.

반려견을 훈련할 때 반려견이 정보를 연결하고 의미를 파악할 수 있도록 충분한 시간과 공간을 주어야 한다. 인간 기준의 시간 감각에서 잠시 벗어나 온전히 개와 함께하며 그들에게 관심을 기울이고 인내심을 보여주자.

인내심을 발휘하는 것은 일상의 훈련이다. 그 과정에서 우리는 좋은 업보를 쌓을 뿐만 아니라, 반려견의 신뢰와 존중도 얻을 수 있다.

반려견은 우리가 기다려주길 기대하며 이렇게 부탁한다.

"당신이 내게 원하는 것이 무엇인지 이해하려고 노력하고 있으니,

조금만 기다려주세요."

모든 것에 감사했던 그날밤

이른 저녁, 긴 하루를 막 마친 참이었다. 와인 한 잔을 따르고 초 몇 개를 켜둔 채 소파에 몸을 파묻으니 푹 쉬고 싶다는 것 말고는 머릿속에 아무 생각도 떠오르지 않았다.

산책과 식사를 마친 개들도 모두 각자 선택한 장소에서 평화롭게 쉬고 있었다. 나는 소파 깊숙이 몸을 파묻으며 문득 덩치 큰 녀석 레비에게로 눈길을 돌렸다. 녀석은 나에게서 대각선 방향에 자리를 잡고 누워 몸을 뻗은 채 커다란 담요 뭉치에 얼굴을 문지르고 있었다. 레비는 얼굴을 담요에 묻었다가 들기를 반복했고, 커다란 발로 자신의 눈을 비벼댔다. 그 '행복한 꼼지락거림'이 몇 분 동안 계속되었고, 나는 그저 앉아서 지켜볼 뿐이었다. 레비는 살아 있는 것이 행복하다는 듯 매우 만족스러운 표정이었다. 불현듯 마음이 따뜻해지며 모든 것이 감사한 벅찬 감정에 휩싸였다.

곧이어 나는 방 이곳저곳에서 평화롭게 자고 있는 다른 개들을 둘러보기 시작했다. 몇몇은 뻐딱하고 우스꽝스러운 자세로 자고 있었다. 지난 연말에 작성해 벽에 붙여두었던 인생의 목표들을 적은 종이가 눈에 띄었고, 나는 그것을 올려다보며 그중 무엇을 이루었고 무엇을 이뤄가는 중인지 살펴보았다.

방 벽에 걸려 있는 학위증과 자격증들, 읽던 책들, 달콤한 향을 풍기며 타들어가는 촛불이 눈에 들어왔다. 시들지 않도록 애쓰며 돌본 화초는 아름답고 건강한 초록빛의 식물로 자라 있었다. 방을 둘러싼 가구들과 벽에 걸린 그림들을 보다가, 문득 벽이 있다는 사실에 주목했다. 머리 위의 지붕부터 난로와 냉장고 같은 가전제품, 그리고 수돗물 한 방울까지 나를 둘러싼 모든 것에 감사한 마음이 들었다. 그것들이 없는 삶은 어떨지, 그리고 내가 얼마나 그것들을 당연시하는지 생각해보기 시작했다. 개들과 함께한 많은 시간 덕분에 나는 겸허해질 수 있었다. 그들이 일상의 소중함을 깨우쳐 주고, 그러한 관점으로 세상을 바라볼 수 있도록 도와주었기 때문이다.

어떤 생각은 마치 바이러스가 질병을 옮기듯 다른 사람들의 생각과 행동에 영향을 미친다. 바로 '충분치 않다'는 생각이다. 많은 사람이 아침에 일어나자마자 잠을 충분히 자지 못했다는 생각을 한다. 이 생각은 곧 집을 나가기 전 해야 할 일을 할 시간이 부족하다는 생각으로 바뀐다. 그다음에는 돈이 부족하다는 생각이 들고, 직업적으로 즐겁지 않으며, 사람들과의 관계도 만족스럽지 못하다는 생각이 이어진다. 언제쯤 우리가 가진 것, 우리가 하는 일이 충분하다고 느낄 수 있을까?

개들은 우리가 가진 것을 한번 살펴보기를 권한다. 주변에 있는 사물과 사람들에게서 위안과 평화, 그리고 기쁨을 찾도록, 지금 이 순간을 음미하도록, 그리고 매일 감사할 수 있도록 말이다. 좋은 일이 일어났을 때뿐만 아니라, 대수롭지 않은 순간과 상황에도 감사함을 가져보자. 그 모든 일들이 목적을 가지고 우리를 가르치고 있는 것이니.

각자 가진 것에 만족하자. 잠을 잘 수 있는 침대, 따뜻하게 몸을 감싸주는 담요, 전깃불과 깨끗한 수돗물, 골라 입을 수 있는 옷가지들, 비바람을 막아주는 집과 교통수단. 아마도 여기에는 언제나 가장 진실하고 정직한 피드백을 주는 사랑스럽고 충성스러운 털뭉치 동반자, 우리의 개들과 함께 지낼 수 있다는 특권도 포함될 것이다.

개들과 함께한 많은 시간 덕분에 나는 겸허해질 수 있었다.
그들이 일상의 소중함을 깨우쳐 주고,
그러한 관점으로 세상을 바라볼 수 있도록 도와주었기
때문이다.

무엇과 싸울지 선택하자

우리는 모두 '맞서 싸우거나' '도망가는' 본능을 가지고 태어났고, 역경이 닥쳤을 때 둘 중 하나를 선택한다. 맞서 싸우며 에너지를 소모하거나 도망쳐 에너지를 절약하거나.

인간과 개 모두 자신에게 기쁨을 주는 것과 생존을 보장해주는 것, 이 두 가지에 의해 움직인다. 그러나 해야 할 일이 너무 많은 탓에 우리는 정신적, 육체적, 그리고 감정적 에너지를 여러 방향으로 소비한다. 우리의 에너지는 한정돼 있으므로, 어떤 도전이 더 가치 있는지, 어떤 도전을 선택했을 때 가장 큰 성과를 낼 수 있을지 따져보고 참여하는 것이 현명하다.

가장 중요한 교훈은 모든 도전을 받아들일 필요는 없다는 것이다. 우리에겐 언제나 선택권이 있다. 단단한 자의식과 확고한 가치관, 명확한 우선순위가 있다면 결정을 내리는 일은 그다지 어렵지 않을 것이다.

자기 자신과 시간 그리고 에너지를 소중히 여기자. 어떤 도전에 응할지 선택하자.

모든 도전을 받아들일 필요는 없다!

때로는 아무것도 하지 않는 것이 최선이다

우리가 무엇을 하기로 선택하고, 그 결과에 어떻게 반응하는지와는 상관없이 세상은 계속 돌아간다.

많은 사람들이 초조함을 느끼며 정신없이 바쁘게 살기 때문에, 할 일이 아무것도 없으면 엄청나게 불편하고 어색해 한다. 불편한 상황에서 편안함을 찾는 것은 그 자체로 어려운 훈련이 될 수 있다. 이리저리 날뛰는 생각을 진정시키자. 감정을 누그러뜨리고 고요함을 받아들이자. 그저 지켜볼 뿐 명령하지 말자. 섣부르게 뛰어들지 말고 잠시 멈춰 있자. 홀로 있지 말고 자기 자신과 함께하자. 이것을 '명상'이라고 부르는 사람도 있겠지만, '아무것도 하지 않는 것'이라고 말하는 사람도 있을 것이다. 이 고요함 속에서 우리는 세상이 우리에게 요구하는 모습이 아닌 본래 우리의 모습이 어땠는지 떠올릴 수 있다. 마침내 아름다운 깨달음을 주는 공간에 이르고, 자신에 대해 더 깊이 이해하게 된다.

때때로 우리가 할 수 있는 최선의 반응은 아무것도 하지 않는 것이다. 비록 잠깐의 멈춤일지라도, 이를 통해 더욱 사려 깊고, 안정적이고, 덜 민감한 상태로 반응하게 될 것이다.

반려견은 인간 본성의 고요한 부분을 인식하도록 우리를 일깨운다. 더욱 평화로운 마음으로 주변 세상을 대하라고 가르친다. 때로는 아무것도 하지 않는 것이 최선이다. 잠깐이든 몇 시간이든 또는 며칠이든 상관없이.

루틴의 힘

루틴routine이란 규칙적으로 반복해서 실천하는 고정된 행동 패턴을 말한다. 모험을 즐기고 별걱정 없이 사는 사람들은 이 단어를 언급만 해도 비웃을 수도 있지만 루틴이 상징하는 모든 것, 그것이 제공하는 것을 수긍하고 높이 평가하는 사람들도 많다.

기술이 계속 발전함에 따라 편리한 도구들이 더 많이 만들어지고 지구의 자연은 콘크리트 정글로 변해간다. 그러면서 우리 인간의 삶은 자연스럽고 원초적인 방식에서 점점 멀어진다. '스트레스'가 일시적인 반응이 아니라 항상 지고 살아가야 하는 마음의 짐이 되었고, 이는 목줄의 양쪽 끝에 있는 개와 인간 모두에게 영향을 미치게 되었다.

루틴은 혼란스러운 우리의 삶에 체계와 질서를 제공한다. 루틴을 따를 때 우리는 안락해지고 안정을 되찾는다. 또한 불안과 스트레스가 줄어들고, 힘 겨루기를 할 일이 적어지거나 아예 없어지며, 자제력과 책임감이 생긴다. 협동심이 자라고 자신감과 자립심을 키우는 데도 도움이 된다.

야생에는 자연적인 질서와 체계가 있다. 늑대, 코끼리, 비버, 사자 등 다양한 종의 동물들이 체계적이고 질서정연한 방식으로 무리지어 살아가는 것은 DNA 때문이다. 개들의 DNA도 마찬가지라, 그들이 각자의 환경에서 안정감을 느끼려면 질서와 규칙이 필요하다. 규칙이 있는 환경과 예측 가능하고 따를 수 있는 루틴을 제공하면, 변화무쌍한 세상에서 살아가는 존재들은 불확실성으로 인한 스트레스가 크게 줄어든다.

루틴, 즉 규칙적인 일상은 우리 모두에게 도움이 된다. 우리가 오래 살던 곳을 떠나든 가까운 곳으로 이사를 하든, 아니면 단순히 휴가를 떠나든, 우리의 반려견들은 주위에서 무슨 일이 일어나고 있는지 이해하려고 애쓰느라 불안하거나 당황할 수 있다. 이럴 때는 환경이 달라졌더라도 일정한 시간에 음식을 주고 산책을 나가는 등 평소의 루틴을 따르는 것이 개에게 안정감을 줄 것이다.

문제는 개가 아니라 인간이다

유명한 반려견 훈련사 시저 밀런은 이렇게 말한다.

"우리가 만나는 개가 늘 우리가 원하는 개는 아닐 수 있지만, 언제나 우리에게 필요한 개인 것은 분명하다."

나 역시 이 말에 전적으로 동의한다.

나는 실수나 불운, 실패를 믿지 않는다. 인생의 모든 것, 즉 모든 환경과 사람, 상황은 우리를 시험에 들게 하고, 뼈아픈 교훈을 주기도 하며 우리를 강하게 만드는 위대한 목적이 있다고 믿는다. 어떤 일이 기대하는 대로 되지 않을 때, 우리는 그 일을 빠르게 단념하고, 그것에 '나쁘다' 또는 '불가능하다'라는 꼬리표를 붙이고, 손가락질하며 책임을 떠넘긴다. 우리는 개들에게도 똑같이 행동한다. 반려견을 훈련할 때 마음처럼 잘 되지 않으면 포기하고 '나쁜 개'라는 꼬리표를 붙이고 그 개를 비난한다.

의학적인 원인, 예를 들면 특정 질병으로 인해 마음과 행동에 문제가 생긴 것이 아니라면 그 개에게는 책임이 없다. 책임은 우리 인간에게 있다. 문제는 개가 아니라 인간이다.

개들은 우리가 어떤 상태인지, 우리가 무엇을 하고 있고 무엇을 하고 있지 않은지 고스란히 보여주는 거울과 같다. 그들은 우리의 내면을 비추면서 우리가 시간과 노력을 들여 관심을 쏟는 대상과 그러지 않는 대상을 보여준다. 여기서 기억해둘 것이 있다. 개들은 인간이 어떤 행동을 예의 없고 용납할 수 없다고 여기는지를 태어날 때부터 저절로 아는 게 아니다. 그러니 우리가 이것을 개들에게 가르쳐야 한다.

개들은 우리에게 많은 것을 가르쳐주고, 우리가 좀더 관심을 가지기를 바라는 부분들을 그들만의 특별한 방식으로 보여준다. 우리가 더 분발하고, 우리의 모습을 드러내며, 일관성을 지키면서 끝까지 해낼 수 있도록 격려한다. 감정을 가라앉히고 가만히 있어야 한다고 알려줄 때도 있다.

시저 밀란의 말처럼 우리가 만나는 개가 늘 우리가 원하는 개는 아닐 수 있지만, 언제나 우리에게 필요한 개인 것은 분명하다. 어떤 모습으로 나타나든 개들은 매번 우리에게서 새로운 모습, 지금까지와는 다른 모습을 요구할 것이다. 이것이 그들이 우리를 성장시키는 방법이다.

우리 모두에게는 매일 같은 양의 시간이 주어진다.

반려견에게 헌신하고 투자할 '시간이 없다'는 말은 사실

'지금 우선순위가 아니다'라는 말과 같다.

어떤 사물이나 사람이 우선순위에 있을 때

우리는 어떻게든 시간을 마련한다.

반려견들은 우리에게 이런 대접을 받을 자격이 있다.

걱정 마세요, 당신의 개가 알려줄 테니

성장하고 변화하며 세상에 도움이 되고자 하는 마음을 포기하는 건 우리 자신의 소멸과 다름없다.

반려견은 삶의 특정한 시점에 나타나 우리를 일깨운다. 그들은 우리를 도전하게 만들고, 가르침을 주며, 우리가 바라온 무조건적인 사랑과 지지를 베푼다.

모든 존재는 개별적이며 저마다 다른 개성을 갖고 있다. 겁이 많거나 자신감이 넘치고, 소심하거나 사교적이고, 예민하거나 느긋하다. 우리가 배워야 할 교훈은 어떻게 하면 중간 지점에서 상대와 만나느냐다. 상황에 맞게 자신을 끌어올리든, 평소보다 낮추든 방법을 찾아야 한다. 각기 다른 개성을 지닌 존재들이 저마다 다른 접근 방식으로 대응하는 상황에서 만약 우리의 방식이 너무 강하거나, 반대로 너무 부드럽거나, 혹은 그다지 효과적이지 않다면 개들이 우리에게 알려줄 것이다. 다시 말해 개들은 항상 매우 진실하고 정직한 피드백을 줄 것이다.

우리는 어떤 것이 쉽고 어려운지, 그리고 좋고 나쁜지 결정한다. 그런 결정은 우리가 그것들을 어떻게 인식하고 선택하느냐의 문제다. 우리는 앞으로 나아가 성장하는 법을 배울 수도 있고, 아니면 정체된 채 상황을 회피하면서 '변화의 두려움'이 우리를 지배하게 할 수도 있다. 적극적으로 살아가는 것이 아니라, 그저 살아있다는 사실에 만족하면서 말이다. 우리에게는 언제나 변화할 수 있는 선택권이 있고, 개들은 우리가 좋은 선택을 내릴 수 있도록 도와준다.

자연 속에서 개와 시간을 보내보자

우리는 각자의 진정한 자아를 회복해야 한다. 우리의 뿌리, 온전한 상태, 평화, 자유, 조화, 연결, 의미, 목적을 되찾아야 한다.

자연에는 치유 효과가 있고, 아무나 대가 없이 그 혜택을 누릴 수 있다. 자연에 몰입하면 우리의 내면은 물론이고 반려견에게도 마법 같은 일이 일어난다. 우리는 더 인간다워지고, 개들은 더 개다워진다. 그리고 각자의 존재를 있는 그대로 받아들이게 된다. 개들은 코를 이용해 냄새를 추적하고 여기저기 돌아다니며 자유롭게 탐색한다. 구속당하거나 방해받지 않으며 자신의 뿌리와 본능을 되찾는다. 그러면 눈에 띌 정도로 느긋함과 편안함을 느낀다.

몇몇 과학 연구에 따르면, 자연에서 보내는 시간은 우울증이나 스트레스 그리고 불안과 싸우는 사람들에게 유의미한 도움을 준다. 자연 속에서 시간을 보내면 기분이 좋아지고, 인지 능력과 전반적인 건강 상태도 향상된다. 훼손되지 않은 자연 속에서 우리는 고향으로 돌아간다. 바쁜 일상생활로부터 분리되어 평화롭고 지혜로운 내면의 공간과 다시 연결되는 것이다.

그동안 자연을 멀리했던 우리는 심신의 건강과 균형을 위해 다시 일상적으로 자연을 가까이 해야 한다. 자연 속에서 보내는 시간을 즐기고, 이를 반복하자. 당신의 개와 함께.

풀밭 위를 달리는 한 마리의 개처럼

우리가 이 아름다운 행성에 사는 동안 어떤 일을 하느냐에 따라 이 세상에 기여하는 바가 달라진다. 그것은 우리 각자가 살아 있다는 증거이자, 매 순간 남기는 유산이다. 만약 당신이 다른 사람의 비위를 맞추려고 하거나 그들의 꿈과 목표를 대신 이뤄주기 위해 살고 있다면, 그것은 당신이 아니라 다른 이들의 삶이다.

우리가 하는 모든 일은 세상 사람들에게 메시지를 전달하고 세상에 흔적을 남긴다. 그것이 반드시 언어일 필요는 없다. 우리는 입으로 말하지 않아도 신체 언어나 행동 혹은 에너지와 태도를 통해 우리가 무엇을 생각하고 어떻게 느끼는지 충분히 말할 수 있다. 개들은 그것을 알아채는 능력이 무척 뛰어나며, 그에 걸맞게 반응한다.

무슨 일을 하든 온 마음을 다해서 하자. 직장에서 하는 일이든, 특별한 프로젝트이든, 단순한 취미든, 혹은 다른 사람과의 관계든 상관없다. 우리가 가진 모든 열정을 그것에 쏟자. 무엇이 나를 기쁨으로 가득 차게 하고 행복하게 만드는지 느껴보자. 또한 내가 살아 있음을 느끼게 해주는 그것에 대해 지나치게 많이 생각하거나 두려워하거나 냉소적인 판단을 내리지 말자. 의심 없이 뛰어들자. 당신의 열정을 불러일으키는 일을 가능한 한 많이 하는 것이 바로 당신이 이 세상에서 할 일이다. 그것이 세상이 당신에게 요구하는 임무이고, 당신은 그 임무를 수행하며 세상에 기여할 수 있다. 세상은 더 많은 사람이 각자의 특별한 재능을 나누기를 바란다.

당신은 개가 엄청난 속도로 풀밭 위를 질주하는 것을 본 적이 있는가? 혀를 내밀고 귀를 바람에 펄럭이며, 무한한 행복에 젖은 채 아무런 제약 없이 자유를 만끽하는 모습 말이다. 그렇게 자신을 온전히 자연에 내맡긴 한 마리의 개를 보라. 그토록 아름다운 광경이 또 있을까. 그 개처럼 우리도 온 마음을 다해 행하고 또 행하자.

혀를 내밀고 귀를 바람에 펄럭이며,

무한한 행복에 젖은 채 아무런 제약 없이 자유를 만끽하는 모습 말이다.

그렇게 자신을 온전히 자연에 내맡긴 한 마리의 개를 보라.

그토록 아름다운 광경이 또 있을까.

그 개처럼 우리도 온 마음을 다해 행하고 또 행하자.

놀 시간을 확보하자!

인생은 만만치 않다. 그 만만치 않은 인생에서 '재미'와 '놀이'를 빠뜨리지 않는 것은 삶의 균형을 유지하는 데 매우 중요하다.

놀기 위해 시간을 내는 것은 여러모로 긍정적인 영향을 미친다. 불안감을 줄이고, 긴장을 풀어주며, 에너지를 발산하게끔 하고, 더 건강한 자아 개념을 형성하게 해준다. 다른 이들과의 연결을 돕고 자신을 더 많이 표현하게 해준다. 이뿐만 아니라 운동 능력과 의사소통 기술을 높이고, 사회성을 길러주고, 창의적 사고를 북돋우며, 갈등과 문제를 해결하는 능력을 강화해주기도 한다.

그러니 놀 시간을 확보하자! 노는 시간은 반려견에게만큼이나 인간에게도 필요하며 대단한 힘을 발휘한다. '노는 시간이 필요하다'는 똑같은 원리로 똑같은 혜택을 얻을 수 있다.

놀 시간을 확보하자!

매일이 선물이다

사람들은 대부분 잠에서 깨어나자마자 번잡한 일상으로 뛰어든다. **또 다른 날, 새로운 페이지가 펼쳐졌다는 사실**에 대해서는 생각조차 하지 않고 매일 기계적으로 해야 할 일들의 목록만 떠올린다.

반면 우리의 개들은 매일 열정이 가득한 마음과 함께 활기차게 일어난다. 그들은 오늘도 눈을 떴다는 사실에 흥분한다! 반려견들이 느끼는 기쁨은 우리의 선입견이나 판단에 영향을 받지 않는다. 개들에게는 모든 것이 똑같다. 판잣집 바닥에 깔린 담요든, 대저택의 대리석 바닥 위의 침대든 따뜻하고 편안하기만 하다면 그것으로 만족한다.

개들은 겸손한 태도로 매일이 선물이라는 사실을 우리에게 상기시켜준다. '잃어버리기 전에는 소중함을 알지 못한다'는 속담이 있다. 개들은 우리가 가진 것을 놓치기 전에 무엇을 가지고 있는지 깨닫도록 우리를 돕는다. 매일 새롭게 주어지는 선물 같은 하루에 감사하며 소중히 보내자. 인생은 아무 것도 보장해주지 않으니.

개들에게는 모든 것이 똑같다.

판잣집 바닥에 깔린 담요든, 대저택의 대리석 바닥 위의 침대든 따뜻하고

편안하기만 하다면 그것으로 만족한다.

두 강아지의 코가 맞닿던 날

개와 인간은 본래 무리지어 생활하는 사회적 동물로서 여럿이 함께 있을 때 번성하며, 고립된 상태로는 잘 지내지 못한다. 그래서 공동체가 필요한 것이다. 우리는 다른 사람들을 관찰하면서 꽤 많은 것을 배운다. 이것이 우리가 차분하고 현명한 사람들과 함께 지내야 하는 이유다. 개도 마찬가지다. 안정되고 적응을 잘하는 개는 명확한 지도가 필요한 다른 개들에게 훌륭한 멘토가 될 수 있다.

개들은 그들만의 언어를 이용해, 곤경에 처한 다른 개에게 큰 위안을 줄 수 있다. 나는 지금 함께 살고 있는 반려견들 중 한 마리가 몇 년 전 비행기를 타고 처음 나를 만나러 온 날을 기억한다. 겨우 생후 8주밖에 되지 않았기에 나는 녀석이 혼란스럽고 두려운 상태로 도착할 거라고 예상하며 정서적 안정을 위해 다른 반려견 터커와 함께 맞아주기로 했다. 마침내 이동 장에 실린 강아지가 우리 집에 도착했고, 나는 녀석을 이동 장 밖으로 유인해 달래려고 했다. 불쌍하게도 작은 암컷 강아지는 구석에서 두려움에 얼어붙어 있었다. 잠시 후 나는 내 노력이 아무 소용이 없음을 깨닫고 믿음직한 조수 터커에게 도움을 청했다. 터커가 이동 장 안에 머리를 집어넣자 강아지는 그에게 다가왔고, 두 녀석의 코가 맞닿았다. 터커가 이동 장에서 빠져 나오자 강아지는 그를 따라 나왔다. 그 후 녀석은 줄곧 터커를 따라다녔다. 모든 것이 나의 친구 터커 덕분이었다.

어떤 상황이든지, 우리는 항상 친구들의 작은 도움으로 살아간다.

혼자라는 착각에 빠지지 않는 개들

종이나 크기, 모양, 색깔에 상관없이, 털이 났든 깃털이 났든 피부가 어떻든 상관없이, 우리는 모두 연결되어 있다. 우리는 모두 같은 곳에서 와서, 이 삶이 끝나면 같은 곳으로 돌아간다.

개들은 우리가 흔히 오감 이외의 육감이라고 말하는 것을 더 잘 이해하는 듯하다. 인간에게도 육감이 있지만 알아차리지 못하거나 그 감각에 마음을 열지 못한다. 그래서 우리 모두가 태어날 때부터 육감을 지니고 있지만, 나이가 들수록 그것을 점점 느끼지 못하게 되는 것이다.

개들은 모든 면에서 인간의 삶을 더 나은 방향으로 이끈다. 우리가 스스로 일어설 수 없을 때 일어설 수 있도록 돕고, 길을 찾을 수 없을 때 길을 안내해주고, 두려워할 때 우리에게 위안이 되어주며, 희망이 없는 상황일 때도 우리를 지지해준다.

때때로 개들은 인간의 병을 먼저 알아채기도 한다. 암, 저혈당, 심장 마비나 발작을 증상이 나타나기도 전에 감지하는 것이다. 개들은 우리를 보호해준다. 외상후 스트레스 장애나 다른 정신 질환으로 고통받는 사람들을 위로해주기도 한다. 개들은 우리가 서로를 이해하는 것보다 마음을 더 잘 읽어내고, 우리가 스스로에 대해 아는 것보다 더 깊은 수준에서 우리를 이해한다. 우리의 겉모습과 우리가 수년간 쌓아온 여러 겹의 정서적 방어막 그 너머를 보고, 그 안에 숨겨진 진실에 반응한다.

개들이 그렇게 할 수 있는 이유는 혼자라는 착각을 하지 않기 때문이다. 우리는 모두 우리보다 더 큰 존재인 세상을 이루는 작은 부분들이다. 개도, 새도, 물고기도, 나무와 바다 모두 마찬가지다. 우리는 모두 연결되어 있으며, 이 행성에서 제각기 위대한 목적을 지닌 채 매우 중요한 역할을 하고 있다. 그렇기에 인간이 하나의 종을 파괴한다면 그것은 전체 생태계에 영향을 미친다. 마치 퍼즐의 조각 하나를 빼는 것처럼 말이다. 조각이 하나라도 빠진 퍼즐은 불완전할 수밖에 없다.

개는 그 모든 것을 용서한다

용서란 놓아주는 것이며, 하나의 선택이다. 그것이 쉬울지는 내가 판단할 수 있는 일이 아니다. 그렇다면 용서는 그만한 가치가 있을까? 물론이다.

슬픔과 분노, 실망과 억울함을 놓아버리는 건 어려운 일일 테지만, 이 사실을 기억한다면 조금은 더 쉬워질 것이다. 사람들은 그저 자신이 가진 신념과 과거에 겪었던 일들, 그리고 그 당시 자신이 가지고 있던 정보를 바탕으로 말하고 행동할 뿐이라는 것 말이다.

용서는 이타적인 마음가짐이자, 우리가 다른 사람과 우리 자신에게 주는 선물이다. 용서할 때 우리는 자유로워질 수 있다. 더 이상 상처받았던 그 상황이 만들어낸 고통과 좌절, 또는 자괴감에 얽매이지 않아도 된다. 우리는 용서를 통해 원망이든, 슬픔이든, 분노든 우리를 가두고 옥죄던 감정들로부터 벗어날 수 있다. 반면 과거의 고통스러운 상처에 얽매이면 평화와 기쁨, 사랑을 느끼며 보낼 수 있는 소중한 시간을 빼앗긴다. 그 시간은 결코 되찾을 수 없다.

부정적인 감정들을 배출하지 못해 그 에너지가 내부에 갇히면, 그
것들은 독성을 내뿜으며 우리의 정신과 신체의 건강에 영향을 미친
다. 종종 다양한 신체 질환으로 변형되어 나타나기도 한다.

용서는 에고의 영향을 많이 받으므로, 하나의 선택일 뿐 아니라 훈
련이기도 하다. 혹시 당신은 자신이 무조건 옳다고 생각하는가? 모든
상황을 통제하고 싶어하는가? 상대방에게 똑같이 되돌려줌으로써 앙
갚음하기를 원하는가? 에고가 너무 강하면 이런 생각들을 하게 되며,
에고는 우리가 가진 신념과 자아 개념의 영향을 받는다. 우리가 다른
사람과 상황에 어떻게 반응하느냐는 우리 각자의 개인적 이야기를 방
송으로 보여주는 것과 같다.

반려견은 수많은 방식으로 우리에게 '용서의 신성함'을 알려준다.
실수로 개의 꼬리를 밟고 미안한 마음에 재빨리 사과했을 때 개가 당
신을 핥고 발랄하게 몸을 흔들어대며 꼭 '괜찮아'라고 대답하는 것 같
았던 적이 있는가? 과거에 끔찍한 학대를 당했으면서도 여전히 인간
에게 꼬리를 흔들고, 인간의 손길을 반기며, 살아 있다는 것만으로도
행복해 보이는 개를 만나본 적이 있는가? 당신이 몇 시간 늦게 집에
돌아오는 바람에 산책할 시간을 놓쳐버렸음에도 개가 당신을 보고 기
뻐서 현관문에서 날뛴 적이 있는가? 혹은 다른 개와 다퉜음에도 몇
분 만에 다시 사이가 좋아져서 나란히 뛰어노는 것을 본 적이 있는
가?

개의 세계에서 용서는 매우 '일상적인 일'이다. 왜일까? 과거에 일어난 일은 현재를 온전히 살아가는 존재에게는 더 이상 신경 쓸 필요가 없는 일이기 때문이다.

불행한 과거를 지닌 개들이 친절한 마음씨와 선의를 지닌 사람들 덕분에 구조되지만, 사람들은 개들의 과거를 놓아버리지 못한다. 그 개들을 불쌍히 여기고 불행한 과거를 보상해주기 위해 많은 에너지를 쏟는다. 유기견을 돌보는 경우 이런 일들이 흔히 일어난다. 하지만 그 것이 오히려 개들의 성장을 막을 수도 있다. 우리가 과거의 경험에 계속 에너지를 쏟는다면 우리도 개도 그 경험에서 벗어나 앞으로 나아갈 수 없다.

개는 믿을 수 없을 정도로 회복력이 뛰어난 동물이다. 그러니 우리가 용서하고, 놓아버리고, 앞으로 나아가면 목줄의 양쪽 끝에 있는 인간과 개 모두에게 도움이 된다.

"실수하는 것은 인간이고, 용서하는 것은 신이다"라는 말이 있다. 그런데 이렇게도 말할 수도 있지 않을까?

"실수하는 것은 인간이고, 용서하는 것은 개다."

개의 세계에서 용서는 매우 '일상적인 일'이다.

왜일까? 과거에 일어난 일은 현재를 온전히 살아가는 존재에게는

더 이상 신경 쓸 필요가 없는 일이기 때문이다.

헬리콥터 반려인이 되지 말자

헬리콥터 양육은 부모가 아이 주위를 마치 헬리콥터처럼 맴돌면서 통제하고 보호하려는 태도를 말한다. 개를 키울 때도 그러는 사람들이 있다. 부모나 견주가 그렇게 되는 데는 다음과 같은 여러 이유가 있다.

- 과잉보상 : 어렸을 때 부모로부터 무시당한 기억이나 충분히 사랑받지 못했다는 느낌 혹은 불만을 고치고, 바로잡고, 보상하려는 것이다. 이전에 개를 키울 때 문제가 있었거나 방치나 학대 같은 좋지 않은 환경에 있다가 온 개를 받아들인 경우 과거의 고통을 보상하고자 개에게 과도하게 집착하는 심리가 이에 해당한다.

- 완벽주의 : 자기 자신뿐만 아니라 아이와 개들에게도 지나치게 높은 잣대를 들이대는 것. 그 잣대는 성장기 때 자신에게 요구되었던 것일 수도 있고,

아니면 자신이 '충분히' 잘하고 있지 않다는, 즉 '기대에 못 미친다'는 생각에서 비롯됐을 수도 있다.

- 실패에 대한 두려움: 실수를 저질러 평가와 비난의 대상이 될까 봐 두려움을 품는 것. 어렸을 때 그런 평가와 비난을 받았거나, 자기가 세운 기준이 충족되지 않을 때 스스로를 평가하고 비난하기 때문이다. 그 결과 흠잡을 데 없이 완벽하게 해내려고 지나치게 애쓰게 된다.

위의 이유들로 괴로워하기보다는 이 세상을 마음껏 탐험해도 괜찮으며 실수할 수도 있다는 여유를 가지는 것이 좋다. 이런 마음은 건강하고 독립적인 결정을 내리는 능력을 기르는 데 중요한 요소이기도 하다. 실수는 인생에서 가장 많은 교훈을 주는 스승 중 하나다.

우리는 반려견들이 자기 자신과 자신이 처한 환경 그리고 함께 있는 이들에 대해 확신을 가지길 원한다. 그런데 헬리콥터 반려인은 독단적이고 미숙한 대처법으로 고집스럽게 행동하며 불안하고 의존적인 개를 길러낸다. 그래서는 안 된다. 아이들을 키울 때와 마찬가지로, 반려견이 무엇이든 할 수 있는 유능한 개가 되도록 도와줘야지, 반려인 없이는 아무것도 할 수 없는 무능한 개로 만들어서는 안 된다.

반려견의 주위를 끊임없이 맴도는 태도는 개가 새로운 가능성을 발견하는 것을 방해한다. 반려견은 우리가 이 세상을 헤쳐나가도록 자신을 인도하고 안내해주리라 믿으며 우리에게 의지한다. 그러니 안정된 태도로 참을성 있게 반려견에게 힘을 실어주는 것이 우리의 의무다. 헬리콥터 반려인이 되지 말자.

의미 있는 존재가 되자. 우리가 우리의 지시와 안내를 구하는 대상에게 의미 있는 존재가 되기 위해서는 그들이 보기에 더 큰 무언가와 연결되고 그것을 온전히 대표해야 한다. 이것은 순간적인 관심과 상관없이 자신감 있고 확고한 태도로 변함없이 가치를 중시하는 에너지와 행동을 말한다.

개가 우리의 말을 듣기를 원한다면, 먼저 개에게 의미 있는 존재가 되어야 한다. 개를 효과적으로 이끌기 위해서도 그래야 한다. 명확하고 이해하기 쉬운 지침을 전달하고, 일관성 있는 모습을 보여주고, 매번 끝까지 해내고, 교감을 유지하며 관계를 강화하고, 시간을 최대한 활용하고, 안심하고 따를 수 있는 에너지를 보여줌으로써 그렇게 할 수 있다.

조용히 곁에 있어주는 것만으로도

"대부분의 사람들은 이해하기 위해 듣지 않는다. 대답하려고 듣는다."

—스티븐 코비(『성공하는 사람들의 7가지 습관』의 저자)

개들은 미소를 띠고 있는 우리가 누구인지, 그 미소가 자연스러운지 억지스러운지 전부 안다. 그들은 디자이너 브랜드의 스키니진을 입고 머리를 완벽하게 단장하고 손톱에 매니큐어를 말끔히 칠한 겉모습 뒤에 감춰진 우리의 정체를 안다. 우리가 어떤 에너지를 가졌는지 알고, 우리의 감정을 이해하고 느끼는 능력을 가졌다. 우리의 본질을 알기에 반려견이 우리와 함께 있기를 원한다면, 그 마음은 언제나 진심이다.

우리가 말할 때 누군가 귀 기울여주면 기분이 좋아진다. 이해받고 있다고 느끼면 더 좋아진다. 이것은 우리 모두가 가지고 있는 정서적 욕구이다. 경청은 요즘 사람들이 잃어버린 기술 같지만 소통에서 매우 중요한 부분이다.

다른 사회적 동물들과 마찬가지로, 인간의 기본적 욕구 중 많은 것이 다른 사람과의 협력에 의존한다. 그리고 우리는 효과적인 의사소통 없이는 협력할 수 없다. 효과적인 의사소통 방법 중 하나인 경청은 대답하려는 의도가 아니라 이해하려는 의도에서 나온다. 이해를 바탕으로 소통할 때 대화는 훨씬 더 풍부해진다.

경청은 지지하는 행위다. 누군가에게 귀 기울일 때 우리는 상대방과 더 깊이 연결되며, 친밀감을 쌓는다. 또한 상대방에게 당신을 우리의 시간과 에너지를 쏟을 가치가 있는 소중한 사람으로 여긴다는 메시지를 전달할 수 있다. 그러고 보면 개들이 우리를 대하는 방식과도 비슷하지 않은가. 개들은 경청의 전문가다.

우리는 이따금 어떤 조언도 하지 않고, 조용히 곁에 있어주는 누군가만으로 충분할 때가 있다.

우리는 이따금 어떤 조언도 하지 않고,
조용히 곁에 있어주는 누군가만으로 충분할 때가 있다.

기꺼이 믿는 개들의 마음

우리는 모두 우리에게 주어진 것과 우리가 아는 것을 갖고 매 순간 최선을 다해 살아간다.

그럼에도 우리 인간은 차마 말로 표현할 수 없을 정도로 잔인한 행동을 반복해왔다. 우리는 매일같이 반려견이 방치되거나 학대를 당한다는 뉴스를 접한다. 이러한 잔혹한 일들에도 불구하고 기꺼이 다시 인간을 믿어보려는 개들의 마음이 놀라울 따름이다.

신뢰 없이는 건강한 관계를 맺을 수 없다. 누군가를 신뢰하고 또 신뢰받으면 정서적으로 안정되고, 자신의 가치가 인정 받는 느낌, 서로 깊이 연결된 느낌을 받는다. 자기 자신과 자신을 둘러싼 상황 그리고 다른 사람을 신뢰하는 것은 끊임없이 변하고 발전하는 개념이자 과정이며 훈련이다.

인간도 처음에는 개들처럼 완벽하고 절대적인 믿음을 지닌 채 이 세상에 태어난다. 그러나 이 아름다운 믿음은 우리가 살아가는 동안 손상되고, 멍들고, 부서진다. 그러고 나면 자기 자신과 세상을 바라보는 인식, 일종의 필터이자 정서적 갑옷이 되는 신념들이 생겨나기 시작한다. 우리는 경직되고, 경계심이 생기며, 방어적인 태도로 친밀한 관계를 허용하는 데 매우 까다로워진다. 이러한 갑옷 없이 다른 사람을 대하는 것은 취약함을 드러내는 위험한 모험으로 치부된다.

신뢰를 회복하는 것은 치유와 마찬가지로 하나의 과정이자 일상의 훈련이다. 하지만 치유받기 위해서는 먼저 취약함을 드러내야 한다. 피하고 억누르는 것이 아니라, 직면하고 뛰어들어야 한다.

개들은 자신의 취약함을 드러내며 기꺼이 다시 믿어보는 위험을 감수한다. 과거 누군가의 행동으로 인해 우리의 신뢰가 무너졌더라도 그 책임을 현재 우리와 함께하는 다른 이에게 묻는 건 부당하다. 그러니 우리도 기꺼이 다시 믿어보자.

지켜야 할 규칙을 가르쳐야 한다

예의 있는 행동은 하나의 기술이자 접근 방법이며, 존중을 표현하는 한 형태다. 배우고 길들이며, 익히는 것이다.

사회적인 에티켓을 지키는 일도 예의 있는 행동에 속하며, 다른 사람들과 공간을 공유할 때 우리가 행동해야 하는 방식이다. 내가 이 공간 또는 이 순간에 있는 유일한 사람이 아니라는 인식이자 자각이기도 하다.

우리는 어떤 일에 반응하고, 대응하고, 처신하는 방식을 통해 우리의 이야기를 들려준다. 이것은 우리 외부에 있는 사람이나 사건과 관련이 없다. 단지 우리의 신념이 그런 반응을 일으킬 뿐이다. 다른 사람들과 상호작용할 때, 우리는 가장 긍정적이고 자비롭고 이타적인 방식으로 그 사람의 하루에 도움이 되는 특별한 기회를 갖는다. 혹은 그와 반대로 피해를 주거나.

다시 한 번 기억하자. 개들은 사회적으로 용납되는 행동과 용납되지 않는 행동이 무엇인지, 매너 있는 행동과 그렇지 않은 행동이 무엇인지 알지 못하는 상태로 태어난다. 다시 말해 그들은 우리 인간의 규칙과 경계 그리고 한계를 모르는 상태로 태어난다. 이것들을 가르칠 책임은 우리에게 있다. 반려견에게 다른 사람들과 있을 때 지켜야 할 규칙을 가르치자. 그러면 당신의 반려견은 누군가와 함께하는 것을 두려워하거나 피하지 않고 즐기는, 호감이 가고 매너 있는 개로 자라날 것이다.

역경은 우리를 강하게 만든다

우리는 역경을 통해 성장한다.

우리가 뭔가를 원할 때마다 언제나, 몇 번이고, 원하는 즉시 얻었더라면, 모든 것을 쉽게 얻었더라면, 어려운 상황을 헤쳐나가는 법이나 건강한 대처 능력 혹은 문제 해결 능력을 배우지 못했을 것이다. 마찬가지로 우리가 누군가에게 과도하게 베풀고 어려운 상황을 대신 해결해주려 한다면, 그것은 그 사람에게서 소중한 배움의 기회를 빼앗는 것과 같다.

역경은 우리에게 상황을 판단하고 그것에 적응하는 법을 가르쳐준다. 어려운 일이 있더라도 극복하고 다시 일어날 수 있는 회복 탄력성을 길러준다. 자신에 대해 더 많이 깨닫고 스스로 단련하게 해준다. 혼란스러운 시기에 침착함을 잃지 않는 법, 겸손과 인내의 힘 그리고 감사의 의미를 가르쳐준다.

뼈와 근육은 운동 등의 물리적 압박을 통해 강화되고, 사용하지 않으면 약해진다. 감정이나 정신도 마찬가지다. 압박은 우리를 이루는 것들을 시험하고, 더 나아가 성장하게 해준다. 도전하는 것을 두려워하지 말자. 경기를 하다 멍이 들거나 흉터가 생기는 것을 두려워하지 말자. 흉터란 결국 우리가 무엇에 부딪쳤든 그것보다 우리가 더 강했음을 보여주는 증거가 아닌가?

수년간 방치되고 학대를 당해 두 다리를 잃은 개가 휠체어로 두 번째 삶을 얻은 후 이리저리 신나게 돌아다니는 모습을 지켜보며 나는 느꼈다. 그 개가 그 순간을 온전히 받아들이며 새로 얻은 자유를 기쁘게 만끽하고 있다는 것을. 역경을 장애물이 아니라 디딤돌로 바라볼 때 우리는 성장하고, 진화하고, 강해진다.

사소한 일은 사소하게 생각하기

우리는 인간이기에 감정적일 때가 있고, 지나치게 반응할 때도 있다. 참 운이 따르지 않는다고, 이미 엎질러진 물이라는 생각에 지배되기도 한다. 예를 들면 열쇠를 어디에 뒀는지 잊어버렸을 때, 한 가득 장을 보고 돌아왔지만 정작 꼭 사야 했던 물건은 빼먹었을 때, 시간에 쫓기는데 하필이면 앞 차가 느리게 갈 때, 직장에서 중요한 프레젠테이션을 앞두고 셔츠에 겨자 소스가 튀었을 때 등등.

중요한 건 어떤 일이 일어났느냐가 아니라 우리가 그 일에 어떻게 반응하느냐다. 인생을 살다보면 작은 사고가 일어나고, 문제도 생기며, 차질을 빚기도 한다. 엎어지고 고꾸라지며 예측할 수 없는 짜증스러운 일들을 겪게 마련이다. 이 모든 일이 '인생'이라고 불리는 놀라운 서커스의 일부다.

우리가 스스로에 대해 더 많이 알아차릴수록 자신의 가치관에 부합하면서 기분을 좋게 하는 훌륭한 선택을 할 수 있다. 우리에게는 언제나 선택권이 있다. 우리는 미래나 과거를 통제할 수는 없지만, 그 일들에 어떻게 대응할지 선택할 수 있다.

어떤 일이든 거리를 두고 그 상황에서 한발 물러나 실제 벌어진 일과 자신을 떼어놓고 바라볼 수 있다면, 쉽게 피해의식에 젖거나 에고의 꾀임에 빠지지 않는다. 일어난 사건을 사적인 공격으로 받아들이지 않으니 거뜬히 이겨낸다. 객관적인 시선에서 바라보며 일일이 반응하지 않으면, 우리는 그 상황에 주도권을 가진다.

스트레스를 받으면 몸에서 '스트레스 호르몬'인 코르티솔이 분비된다. 코르티솔이 체내에 많이 분비되면 심장 질환의 위험성이 높아지고, 면역력이 약해진다. '감정의 응어리'가 체중의 증가로 나타날 수도 있다. 건강하고 명확한 결정을 내리는 능력이 떨어지며, 불면증이 생기는 등 수많은 부작용이 일어난다.

개들은 사랑스럽게 말한다.

"진정해요. 사소한 일에 너무 신경 쓰지 말아요. 결국엔 별일 아닐 거예요."

"사소한 일에 너무 신경 쓰지 말아요.
결국엔 별일 아닐 거예요."

친구가 아니라 부모가 되자

모든 가족에는 부모나 부모 역할을 하는 사람이 있다. 개들의 무리에 우두머리 수컷과 그 배우자가 있는 것과 마찬가지다. 각 집단에는 '가장' 또는 '우두머리'가 있으며, 둘 다 가족이나 무리의 구성원들이 자라고 생존하는 데 필요한 것을 제공하기 위해 일한다. 그들은 체계와 질서 그리고 규칙을 만들고, 경계와 한계를 설정하며, 그것들을 더욱 정당하고 공정하게 보강한다. 젊은 구성원들이 성장하고 성숙해짐에 따라 그들에게 힘을 실어주는 동시에 가르치고 인도하며, '현실의 삶'을 준비시킨다. 어떻게 하면 더욱 자기주도적으로 살면서 스스로 만족할 수 있는지, 어떻게 하면 스스로를 이끌어나가는 리더십을 키울 수 있는지 배우는 것이다. 이를 통해 각자가 집단 전체에 도움이 되는 소중한 구성원으로 성장해나간다.

많은 부모가 믿고 실천하는 것과 달리 '친구가 되어주는 것'으로는 아이의 신뢰나 존중을 얻지 못하며, 그들이 바라는 유형의 관계를 맺지도 못한다. 부모가 아이와 친구 같은 사이가 되려 하는 것은 부모 자신들의 정서적 결핍을 채우려는 시도인 경우가 많다. 누군가에게 동의, 지지, 인정을 받고 싶어서, 혹은 자신이 누군가에게 사랑받고 필요한 존재라는 느낌을 받고 싶어서 그러는 것이다. 그들은 내면의 공허함을 채워주는 것을 외부에서 찾는다. 내면이 바뀌면 외부 환경도 달라지고 변한다는 사실을 이해하지 못한다. 그들의 개인적 여정에서 아직 그 지점까지 도달하지 못한 것이다.

수천 년 전 개를 길들일 때, 우리 인간은 그들의 리더이자 지지자, 그리고 부양자라는 역할을 맡았다. 그러면서 개들의 욕구를 채우고 충족해줄 책임이 생겼다. 하지만 나는 그 책임을 다하지 않는 반려인들의 모습을 자주 보았다. 그들은 개들에게 간식과 호화로운 침대, 폭신한 담요 등을 통해 애정을 아낌없이 베푼다. 개가 언제, 무엇을, 어떻게 원하든 자유롭게 다 누리게 해준다. 개를 껴안고, 애지중지하며, 응석받이로 키운다. 정해진 규칙도 경계도 없다. 그 어떤 한계도 없다. 그들이 키우는 개는 아무런 노력 없이 모든 것을 얻는다. 결국 고집스럽고, 버릇없고, 이기적이고, 예민하고, 제멋대로 구는, 정서적으로 문제가 있는 개가 된다.

'사랑'은 우리에게 의존하는 이들에게 자기 자신과 이 세상을 건강하게 바라보며 균형 잡힌 안정감 있는 존재로 성장하는 데 필요한 모든 걸 제공하는 것이다. 자라는 동안 매 순간 지지와 보호를 받고 있다고 느끼게 하는 것이다. 아이를 키울 때든, 개를 키울 때든 그러기 위해서 먼저 우리 자신을 그렇게 대해야 한다. 자기 자신을 이해하고, 돌아보고, 전폭적으로 받아들이며, 사랑하고 발견하는 과정이 필요하다.

훈련과 체계, 질서와 규칙, 경계와 한계, 차분하면서도 자신감 있고 인내할 줄 아는 리더십 그리고 지시와 안내, 연민과 이해, 생물학적 특성을 고려한 적절한 영양 공급과 매일 거르지 않는 운동, 정신적 자극과 사회화. 이 모든 것이 우리와 함께하는 어린 존재들에게 필요하다. 이런 것들을 제공하려고 노력하는 것이 최고의 사랑이다. 그러지 않고 우리에게 의존하는 존재들을 이용해 우리의 욕구를 채우려고 하면, 그것은 결국 그들을 무시하고 배신하는 짓이다. **친구가 아니라 부모가 되자.**

모든 존재는 두 번째 기회를 얻을 자격이 있다

처음 구조 활동에 참여했을 때 나는 어려움에 처한 개들을 비롯해 도움이 필요한 동물들이 많다는 것을 알게 되었지만, 정확히 얼마나 많은지, 그리고 그들이 버려지는 이유가 무엇인지는 전혀 알지 못했다. ASPCA(미국동물학대방지협회)에 따르면, 연간 390만 마리의 개가 보호소에 들어오고 그중 120만 마리가 그곳을 영원히 벗어나지 못한다. 이런 명백한 사실은 차치하고라도 더욱 가슴 아픈 일은 '보호소 출신 개'나 '구조된 개'들이 특정한 오명을 얻게 된다는 사실이었다. 그런 개에게는 분명 어떤 '문제'가 있을 것이고, 그런 개를 입양하는 것은 '위험'할지도 모른다는 것이다.

훌륭하고 멋진 수많은 개들이 보호소에서 생을 마감하게 되는 주된 이유를 몇 가지 발견했다. 그러나 아래의 이유들을 보면 이 중 대부분이 그 개들 자체와 전혀 관련이 없다는 걸 알 수 있다.

- 주거 공간의 제약
- 이사
- 기르던 사람의 죽음
- 시간 부족
- 경제적 어려움
- 이혼
- 아기의 탄생
- 개의 문제 행동
- 개가 너무 늙어서
- 개의 건강에 문제가 생겨서
- 개가 길을 잃고 헤매다 발견됨
- 그냥 개를 원치 않아서

개의 삶은 전적으로 우리 인간이 내리는 선택과 결정에 달려 있다. 위의 이유들도 전부 의무나 책임의 부재, 관리 소홀, 또는 연민의 부족 등 모두 우리와 관련이 있다.

반려견의 행동에 관해 말하자면, 인간은 의식적으로든 무의식으로든 영향을 주고 길들인다. 그렇기에 개들이 욕구 불만으로 인한 문제 행동의 대가를 치르지 않도록 그 욕구를 채워주는 법을 배우는 것이 우리의 의무이다.

보이는 것들은 그것에 대한 해석이 중요하다. 모든 존재는 두 번째 기회를 얻을 자격이 있다. 개들은 우리와 끊임없이 소통을 시도하지만, 그들이 전하려는 메시지의 많은 부분이 곡해되거나, 아예 무시되곤 한다.

개들은 우리가 겉으로 보이는 행동의 이면을 볼 수 있기를 바란다. 첫인상은 거대한 가면인 경우가 많다. 그 가면의 표정 뒤에 가려진 진짜 이야기가 무엇인지 알아내야 한다. 불안하거나 두려운 상태는 아닐까? 불신으로 가득 차 있는 건 아닐까? 배출할 데가 없어 에너지가 너무 억눌려 있던 건 아닐까? 따를 만한 리더가 없었던 건 아닐까? 세상을 이해할 수 있도록 도와줄 사람이 없었던 건 아닐까?

개들이 어느 정도 마음이 안정되고, 그 상태를 유지함으로써 매너 있게 행동하고 스스로 옳은 결정을 내리는 능력을 갖추는 것은 개들의 욕구를 채워주어야 할 우리 인간의 노력에 전적으로 달려 있다.

행동에는 항상 원인이 있다. 강력한 이유나 중요한 신념이 행동의 방향을 정한다. 시곗바늘이 그냥 움직이는 것 같지만, 그 움직임을 위해 문자반 아래에서 많은 일이 일어나고 있는 것과 같은 원리다.

모든 존재는 두 번째 기회를 얻을 자격이 있다. 섣불리 추측하고 판단하기보다는 이해해보려 하자. 아직도 세상 곳곳에서 수많은 개들이 우리 인간의 선택과 오해, 무책임, 게으름, 방치로 엄청난 피해를 입으며 고통 받는 중이다.

나이듦에 대하여

나이 든 존재를, 노인과 노견을 존중하자. 더 나아가 존경심을 가지고 그들로부터 무언가를 배워보자.

정서적으로 안정되고 매너 있는 성견이 있는 집에 입양된 강아지는 낯선 환경에 적응할 때 큰 이점이 있다. 강아지가 새로운 세상을 이해하도록 성견이 도와줄 수 있기 때문이다. 낯선 환경을 헤쳐 나가야 할 때 롤모델이나 멘토가 있다는 건 우리 모두에게 유리한 일이다.

나이가 드는 것은 특권이며 축하받을 일이지 두려워할 일이 아니다. 노인들은 삶의 다양한 단계를 거치며 오랜 세월 발판을 마련하고, 새로운 개척도 해보고 시련을 겪기도 하며, 여러 경험을 통해 배우고 발전했다. 그들에게는 저마다 풍부한 역사와 문화, 전통, 자신만의 독특한 관점과 지혜가 담긴 이야기가 있다. 그들은 들려줄 것이 그렇게나 많지만 종종 외면당한다.

많은 노인이 양로원에 보내진 후 잊힌다. 그들 모두 누군가의 아버지, 어머니, 조부모, 그리고 친구였을 텐데 말이다. 늙은 개들 역시 춥고 위험하고 안락사를 당할 확률이 높은 보호소에 버려지곤 한다. 늙고 약해진 몸이 한때 영원한 사랑을 맹세했던 사람들에게 무겁고 불편한 짐이 되어버렸기 때문이다.

과거의 노인들은 사회에서 매우 존중받았으며 가장 소중하게 여겨진 구성원이었다. 젊은이들은 노인들에게 조언과 지침을 구했다. 그들은 매우 귀한 인적 자원이었고, 보살핌과 관심의 대상이었다. 그러나 지금 우리는 매우 다른 시대에 살고 있다. 특히 노인을 존경하고 배려하는 방식은 무척 달라졌다. 나이가 든다는 것에 수치심, 불쾌함, 대개는 두려움이라는 딱지가 붙는다.

그러나 우리 역시 더 이상 젊어질 수 없다. 우리는 모두 언젠가 몸으로 노화를 느낄 것이다. 만약 우리가 운이 좋아서 오래 살 수 있다면, 사랑하는 이들의 보살핌 속에서 그들에게 가치 있고 중요한 존재로 느껴지기를 원할 것이다. 나이 든 존재들을 존중하자. 삶은 다 똑같다. 인생의 가치는 결코 나이에 따라 줄어들거나 사라지지 않는다.

늙은 개들 역시 춥고 위험하고 안락사를 당할 확률이 높은

보호소에 자주 버려진다.

늙고 약해진 몸이 한때 영원한 사랑을 맹세했던 사람들에게

무겁고 불편한 짐이 되어버렸기 때문이다.

우리를 가족으로 묶어주는 것

가족은 혈연으로 연결되어 있지만, 실제 우리를 가족으로 묶어주는 것은 사랑, 충실함, 신뢰, 책임, 감사, 포용, 헌신, 지지, 존중 그리고 정직과 같은 것들이다. 하지만 인간은 가족을 이루고 있으면서도 이런 것을 완전히 무시하는 경향이 있는 유일한 동물인 것 같다. 개들은 가족의 특성들을 온전히 구현하며, 이것이 내가 개들을 항상 가족으로 여기는 이유다.

많은 사람이 자신이 누구인지, 그리고 삶의 목적이 무엇인지 알아내려고 시간을 쓰고, 성공이나 명예, 부를 얻기 위해 노력하면서 하루하루를 보낸다. 하지만 개들은 다정하고 사랑스럽게 "당신은 이미 성공했어요. 당신은 이미 훌륭해요. 당신은 이미 충분해요. 당신은 이미 당신 삶의 목적대로 살고 있어요"라고 말하고, "당신은 나의 영웅이에요. 당신이 무엇을 가지고 있든, 당신이 무엇을 입든 상관없이 난 언제나 당신을 사랑할 거예요"라고 덧붙인다.

개들은 우리가 보지 못하는 것을 보고, 우리가 인정하지 않으려는 모습까지도 받아들인다. 이것이 사람들이 개와 맺는 순수한 관계에 끌리는 이유다. 이 관계에는 강요도, 속임수도 없다. 그저 서로에게 이로운 매우 특별한 공생관계가 자연스럽고 아름답게 펼쳐질 뿐이다.

개들은 우리에게 가족은 자격이 아니라 태도로 정의됨을 알려준다. 우리를 가족으로 묶어주는 것은 서로 사랑하고, 지지하고, 돌보고 이타적으로 대하는 태도이다. 진정한 사랑은 언제나 조건이 없기 때문이다.

개들은 우리에게 가족은 자격이 아니라 태도로 정의됨을 알려준다. 우리를 가족으로 묶어주는 것은 서로 사랑하고, 지지하고, 돌보고 이타적으로 대하는 태도이다. 진정한 사랑은 언제나 조건이 없기 때문이다.

모든 것에는 적절한 때와 장소가 있다

모든 것에는 적절한 때라는 것이 있다. 누군가의 관심이 필요한 때가 있고, 흥분해도 될 때가 있지만 진정해야 할 때도 있다. 어떤 문제를 해결해야 할 때도 있지만 무시하는 게 나을 때도 있다. 맞서야 할 때가 있으면 피해야 할 때도 있고, 목소리를 높여야 할 때가 있으면 침묵해야 할 때도 있다. 음식을 먹어야 할 때가 있고, 잠을 자야 할 때가 있으며, 놀아야 할 때도 있다.

인간이든 개든 상관없이 내가 깊이 관심을 기울이는 단 한 가지가 있다면 바로 마음의 상태다. 인간과 개는 모두 소통을 매우 좋아하는 존재로서 수많은 몸짓과 표정을 통해 매 순간의 느낌을 표현한다. "말보다 행동이 더 큰 소리를 낸다"라는 오래된 속담을 알고 있는가? 행동은 결코 거짓말을 하지 않는다. 신체 언어를 통해 두려움, 불안, 기쁨, 초조함, 불편함, 고통, 무기력, 자신감, 혼란 등의 감정과 기분이 드러난다. 사람과 개 모두 괴로워도 말로 표현하지 못하는 경우가 많다.

우리가 소리와 음성 언어를 넘어서는 법을 배우면 자신은 물론 개들을 포함한 다른 존재들을 더 잘 이해할 수 있고, 그 순간 정말로 필요한 것이 무엇인지 더 잘 알 수 있다. 감정에 흔들리지 않는 고요한 상태여야 최선의 결정을 내릴 수 있다.

우리는 개들도 마치 사람처럼 모든 것에 때와 장소가 있다는 것을 이해하길 바란다. 주어진 상황 혹은 환경, 분위기에 따라 무엇이 적절하고, 적절하지 않은지 그 차이를 알기를 바라는 것이다. 물론 개들은 생각하고 느끼고 지각과 지능을 가진 존재로서 어느 정도 분별력을 가지고 있다. 하지만 개들을 안내하고 지도하고 가르쳐야 하는 것은 우리의 몫이다. 개들이 머릿속의 경험들을 연결해 세상과 그 안에서의 자기 위치를 이해하도록 우리가 도와야 한다.

반려견이 남에게 폐가 되거나 피해를 줄 수도 있을 부적절한 행동을 보인다면 그것을 즉시 해결해야 한다. 무엇이 적절치 않은 행동이고 무엇이 바람직한 행동인지 가르쳐야 한다.

모든 행동에는 근본 원인이 있다. 지속적인 변화를 위해서는 겉으로 드러나는 증상만큼이나 겉으로 드러나지 않는 문제의 씨앗인 내적 원인을 이해할 필요가 있다. 개들은 꾸준히 욕구가 충족되면 성취감을 맛보고 만족한다. 안정과 균형을 되찾아 침착해지고, 유순해진다. 예의 바르고 공손해진다. 혼자서도 적절한 판단을 내릴 수 있게 된다. 그러니 함께 있는 것이 훨씬 더 즐거워진다!

모든 것에는 때와 장소가 있다. 반려견에게 적절한 때와 장소를 안내하고 가르치고 보여주는 것은 우리의 몫이다.

안전지대 바깥으로 같이 한 발

변화는 사람마다 다른 의미로 받아들인다. 누군가는 그것이 신나는 일이라고 말하지만, 다른 누군가는 불편한 것이라고 말할 수도 있다. 누군가는 그것이 기회의 문이 열린 거라고 말하지만, 다른 누군가는 위험이라고 말할 수도 있다(이들은 대개 "괜히 소란 피우지 마"라고 말하는 사람들이다).

그러나 도전하지 않으면 성장할 수 없다. 편안한 상태에 머물면 잠재력을 발휘할 수 없다. 안전한 상태라는 말은 뒤집어보면 정체된 상태라는 뜻이다. 거부당하거나, 실패하거나, 무언가를 잃거나, 타인의 비난을 들을까 두려운 마음에 결과를 통제하려는 것이다. 우리는 안전한 선택으로 스트레스와 위험성을 최소화함으로써 확실성을 유지하고 불확실성을 막고 있다고 믿는다. 하지만 사실 그보다 훨씬 더 많은 가능성들을 막고 있을 수도 있다.

오해하지 않길 바란다. 안전지대comfort zone를 갖는 것에는 아무 문제가 없고, 오히려 많은 긍정적인 요소가 있다. 그러나 그 안에서 너무 편안해지면 과감하게 새롭고 다양한 시도를 해보는 대신 주저하며, 단단하고 경직된 경계와 장벽들을 만들어 그 안에 자신을 가두기 시작한다.

인간과 개는 모두 사회적 동물로, 습관이나 체계, 루틴을 가진 존재들이다. 하지만 명심해야 할 것은 변화는 우리가 무엇을 발견하고자 할 때, 그리고 자신감을 되찾고자 할 때 일어난다는 것이다. 의심과 두려움을 뚫고 나아갈 때 우리는 신뢰, 믿음, 용기 그리고 힘을 발견한다. 그리고 새로운 경험들을 통해 자신이 진정 어떤 사람이며 무엇으로 이루어져 있는지 깨닫는다.

안전지대를 벗어나보는 것은 우리와 개 모두에게 중요하다. 삶에는 '늘 똑같은 일상' 말고도 많은 것들이 있다. 그리고 안전지대 밖으로 첫발을 내디딜 때 누군가 우리를 지지하고 있다는 것을 알면 모든 것이 달라진다.

가끔은 삶의 반복된 패턴에서 벗어나보자. 개들은 새로운 풍경, 소리, 냄새, 그리고 경험을 즐길 준비가 되어 있고, 그러길 원한다. 아주 침착하고 차분하면서도 당당하게, 두려움 없이 그들을 이끄는 우리와 함께한다면 더욱 그럴 것이다.

어떤 행동을 형성하는 데 일조한 사고방식과 훈련으로는

그 행동을 수정하거나 해결할 수 없다.

우리의 행동이 바뀌지 않는 한 개의 행동도 바뀌지 않는다.

실패는 기회일 수도 있다

실패는 우리가 그렇게 생각할 때만 실패이다. 우리가 실패라고 믿고, 부르고, 동의하기 전까지는 아무것도 아니다.

뒤집어서 생각하면 실패는 기회일 수도 있다. 우리를 슬쩍 찌르거나 경종을 울려 그 상황에 절실히 필요한 깨우침을 주는 것일 수도 있다. 계속 밀어붙이거나, 좀더 창의적이고 유연한 방법으로 접근해보라는 격려일 수도 있다. 다른 대안들을 세워보라는 권유일 수도 있고, 혹은 그저 모든 일은 때 맞춰 일어나게 마련이라는 걸 깨닫게 해주는 것인지도 모른다.

원하는 것을 얻을 때까지 지치지 않고 계속 시도하는 개를 지켜본 적이 있는가? 그 인내와 끈기, 투지와 집념, 강한 목적의식은 참으로 대단하다.

눈 깜짝할 사이에 일을 해치우고 즉각적인 만족감을 얻는 것에 자부심을 갖는 문화에서 우리는 개들이 주는 이 위대한 교훈을 생각해볼 필요가 있다. 어떤 위험이 닥치든, 시간이 얼마나 오래 걸리든, 얼마나 어려운 일이든 의지만 강하다면 길은 반드시 있다. 모든 것은 결국 인식의 문제다.

조금 더러워지는 것을 겁내지 말자!

어렸을 때 우리는 집 밖에 있는 모든 사물을 가지고 놀았다. 나무 집과 요새를 짓고, 숨바꼭질과 발야구를 하고, 자연 속에서 탐험 놀이를 하고 나무 위에 오르고, '보물찾기'를 하고, 야생동물을 관찰하고, 운동장에서 몇 시간이고 뛰어놀았다. 그러면서 자연 그대로의 공간과 그 속의 모든 생명체들을 소중히 여기고 고마워하는 법을 배웠다.

진흙밭이나 더러운 배설물 위에서 뒹구는 개를 본 적이 있는가? 대부분의 사람들은 자신의 개가 야생의 조상으로부터 멀리 떨어져 있다고 생각하겠지만 개들은 진흙밭을 발견하면 곧장 그 위에서 뒹굴곤 한다. 진흙밭을 찾아낸 자신을 자랑스러워하고 기뻐하면서 말이다. 그런 행동은 들개가 먹잇감에게 자신의 냄새를 감추려는 포식 본능이자 행동이다. 또는 '냄새로 쓰는 일기'라는 학설도 있다. 개들이 어디에 있었고 누구를 만났는지에 대한 여행 일지이자 장부, 이를테면 '개들의 SNS'인 셈이다. 다른 한편으로는 때때로 자기가 하고 싶은 대로 조금은 더러워진 채 삶이 주는 선물을 즐기는 순수한 재미이기도 하다. 그 순간을 온전히, 격렬하게 느끼며 살아가는 것이다.

개들은 유쾌하고, 어수선하고, 지저분한 장난을 즐겼던 예전의 모습으로 돌아가보라고 우리를 부추긴다. 반려견을 데리고 언덕으로 한 번 가보자. 결코 후회하지 않을 것이다.

우리가 먹는 것이 우리를 만든다

각 동물마다 건강과 면역 체계를 위해 필요한 영양소가 생리학적으로 정해져 있다. 치아의 모양, 턱의 움직임, 신체의 산성도, 장의 길이, 소화가 시작되는 지점, 손톱의 모양 등은 그 동물이 무엇을 섭취하고 활용하고 흡수하도록 만들어졌는지를 알려주는 단서들이다. 인간과 개의 경우 둘 다 잡식동물이지만, 비교하자면 개는 육식동물 쪽으로 더 치우쳐 있고, 인간은 우리의 생물학적 특성에서 알 수 있듯이 초식동물 쪽으로 더 치우쳐 있다.

많은 반려동물들이 점점 더 우리 인간과 같은 신체적, 정신적 질병에 걸리고 있다. 그 대부분이 영양실조 혹은 염증에서 비롯된다. 영양실조는 우리가 생리학적으로 몸에서 받아들이고 흡수하여 활용할 수 있는 영양소를 제공하지 않아서 생기며, 염증은 그것에 대한 몸의 직접적인 반응이다.

아이들과 마찬가지로 개들의 문제 행동은 상당 부분 섭취하는 음식 때문일 수 있으며, 음식으로 해결될 수도 있다. 제대로 된 음식은 충분히 주지 않고, 너무 많은 가공식품과 인공 '영양소'를 주면, 몸은 그것을 음식으로 받아들이지 않고 계속 싸우려고 한다. 가공되지 않은, 효소가 풍부하고, 영양학적으로 탄탄한, 변형되거나 오염되지 않은 진짜 음식. 이것이 모든 몸이 원하고 문제없이 받아들일 수 있는 음식이다.

"당신은 유기농 식품이 비싸다고 생각하는가?
그렇다면 혹시 암 치료 비용이 얼마일지는 생각해본 적이 있는가?"

—조엘 살라틴(친환경 농장 폴리페이스 팜Polyface Farm 설립자)

오늘날의 문화는 양과 편의성을 중시하며 비용은 최대한 아끼려고 든다. 우리 역시 더 많은 것, 더 큰 것을 더 쉽고 빠르게 얻기를 원하며, 그 비용은 최소한만 지불하기를 원한다. 많은 기업이 이런 문화를 기반으로 성공을 거두었다. 그 기업들은 화학성분과 중독성 강한 물질, 그리고 다른 구하기 쉬운, 의심스러운 재료들로 농작물 맛이 나는 가공식품을 만들어 그 편의성에 의존하는 사람들은 물론 이상한 낌새를 못 느끼는 사람들을 대상으로 이익을 취한다.

'개 사료'는 1950년대가 되어서야 주류가 되었으며, 비슷한 시기에 패스트푸드와 더불어 고도로 가공된 간편식품들이 인기를 얻기 시작했다. 그리고 이때부터 암, 당뇨병, 관절염 같은 만성 질환과 질병도 급

격히 증가했다. 인간뿐 아니라 반려동물도 마찬가지였다.

어떤 식재료든 열이 가해지면 성분에 변화가 생긴다. 효소가 손실되고, 뒤이어 비타민, 미네랄, 식물성 영양소 등 그 식재료를 영양가 있는 온전한 자연 식품으로 만드는 모든 것에 손실이 일어난다.

우리가 섭취하는 음식은 말 그대로 우리가 된다. 우리의 혈액, 머리카락, 피부, 손톱, 장기, 조직, 뼈가 되며, 우리의 기분이나 행동을 좌우하고, 정보를 받아들여 처리하고 기억하는 지적 능력에도 서서히, 하지만 강력하게 영향을 미친다. 안타깝게도 반려견들은 자신이 먹는 것에 대한 결정권이 없다. 그 결정은 사람이 한다. 다시 말해 개들의 건강 상태와 삶의 질은 우리가 내리는 선택에 달려 있다. 하지만 우리는 대부분 건강이나 영양이 아닌 비용에만 초점을 맞춘다.

나는 단지 식단을 바꾼 것만으로, 가공식품에서 자연 식품으로, 해로운 음식에서 무해한 음식으로 바꾼 것만으로 사람과 개의 문제 행동이 개선되는 사례를 목격한 적이 있다. 내 말을 믿지 못하겠다면 당신의 반려견에게 한번 물어보자. 날고기 스테이크가 든 그릇 옆에 사료가 가득 담긴 그릇을 놓아보라. 개가 무엇을 먹을 것 같은가? 그 선택 안에 진실이 있다. 만약 우리가 개들을 숲 한가운데다 놓고 잠시 사라진다면, 개들은 먹이를 구하기 위해 자신들의 사냥 본능을 되찾을 것이다. 여기에 개들이 진정 원하는 것에 대한 정보가 있다. 우리가 개들에게 무언가를 강제로 먹이기 전 수천 년 동안, 개들은 자연의 진짜 음식을 먹으며 잘 살아왔다. 우리가 그랬던 것처럼.

단순히 음식을 먹는 것과 적절한 영양소를 공급하는 것 사이에는 큰 차이가 있다. 영양에 관한 한 쉽고 기본적인 이 규칙을 따르자. 깨끗한 것을 먹고, 진짜 음식을 먹고, 감사하는 마음으로 먹고, 건강을 위해 먹자. 지금 영양 공급을 잘 해두면 나중에 잘 자라날 것이다.

단순히 '먹는 것'과 '영양 공급' 사이에는 큰 차이가 있다.

대부분의 사람들은 반려견뿐만 아니라 자기 자신에게도 단순히 먹을 것을 줄 뿐, 제대로 된 영양을 공급하지 않는다. 그래서 모두 고통을 받는 것이다.

생리학적으로 적합한 진짜 음식은 내부의 균형을 잡고 활력을 키우는 반면, 가공식품 같은 가짜 음식은 영양실조와 염증을 일으킨다. 사랑은 영양소가 풍부한 진짜 음식으로 표현된다.

물건보다 좋은 선물

세상엔 좋은 선물이 많지만, 상대방이 가장 원하고, 가장 필요로 하고, 고마워하는 것은 선물 자체보다 우리가 함께 있어주는 것이다. 우리가 시간을 투자하고 호의와 관심을 보이고 에너지를 공유하면 다른 이들도 그것을 소중히 여기고 귀히 여긴다. 온전히 함께하는 것은 서로에게 가장 좋은 선물이다. 함께 시간을 보내면 관계가 형성되고, 서로를 사랑하고, 믿고, 존중하는 마음이 커진다.

또한 우리는 함께 있어줌으로써 본보기가 될 수 있다. 우리가 이런 식으로 자신을 내어주면, 상대방이 그들이 자신감을 기르고 자부심을 가지는 것에서 더 나아가 스스로에 대한 기대와 가치를 높이도록 도와줄 수 있다. 누군가의 관심을 온전히 받는다는 것은 특권이자 영광이다. 특히 요즘처럼 관심을 받기 위한 경쟁이 치열할 때는 더더욱 말이다.

우리가 어떻게 행동하고 어떤 모습을 보여주는지는 종에 상관없이 마음과 영혼이 쉽게 이해할 수 있는 메시지를 전달한다. 온전히 함께 하는 것은 모든 경계를 가로질러 연결을 만들어내는 언어이며, 끊임없이 베푸는 것이 가능한 선물이다.

모든 관심을 집중하며 온전히 함께 있어주자. 그것은 최고의 선물이며 가장 진실하고 진정성 있게 사랑한다고 말하는 방법이다.

책임에는 헌신이 필요하다

모든 관계에는 어려움이 따른다. 그러나 나는 우리가 살면서 마주치는 모든 사물과 존재는 위대한 목적이 있어 우리를 찾아온다고 굳게 믿는다. 그 목적이 가르치는 것이든, 무언가 떠올리게 하는 것이든, 치유를 돕는 것이든, 도전을 자극하는 것이든, 영감을 주는 것이든, 아니면 우리가 인생의 다음 장으로 넘어가도록 돕는 것이든 말이다.

인간관계는 특히 더 어려울 수 있다. 왜냐하면 우리는 끊임없이 변화하고, 배우고, 성장하기 때문이다. 20세의 우리는 25세, 35세, 40세, 50세의 우리와 같지 않다. 이것은 좋은 일이지만, 우리의 모습과 우리와의 관계, 그 관계의 역학까지도 '언제나 그대로' 유지되어 더 편안하기를 바라는 사람들이 있다. 어떤 관계에서 한 사람이 먼저 변화하여 자신의 가치와 아름다움, 용기와 힘을 발견하면, 아직 그럴 준비가 되지 않은 사람에겐 위협적으로 느껴질 수도 있다. 그러면서 약간의 마찰이 일어나기도 한다.

누구에게나 각자 자기만의 인생 여정이 있다. 우리는 자기 자신과 타인에 대한 연민이 있어야 우리를 지지하지도, 우리에게 영감을 주지도, 우리의 성장을 돕지도 않는 사람과 사물을 놓아줄 수 있다.

우리는 자신의 가치와 장점을 깨닫고 자부심을 가지게 될 때, 삶의 모든 영역에서 더 훌륭하고 만족스러운 모습을 보일 수 있다. 그렇게 스스로에게 만족하면 우리는 더 이상 외적인 것이나 다른 사람들의 반응을 통해 자기 자신의 가치를 확인하지 않아도 된다. 얼마나 자유로운가!

우리가 자기 자신에게 충실하면, 간접적으로는 다른 사람들 그리고 우리가 사랑하는 존재들, 특히 우리의 개들에게 충실하게 된다.

앞서 강조했듯이 반려견의 삶의 질은 전적으로 우리가 내리는 선택 그리고 우리가 반려견들에게 어떤 모습을 보이는지에 달려 있다. 개들은 건강하고 안전하게 지내고, 안정되고 편안한 삶을 사는 데 필요한 모든 것을 우리에게 의존한다. 개와 함께하는 삶에는 커다란 책임이 따른다. 부디 모두가 그 책임에 부응하는 법을 배우기를 소망한다.

개들은 건강하고 안전하게 지내고,

안정되고 편안한 삶을 사는 데 필요한 모든 것을 우리에게 의존한다.

개와 함께하는 삶에는 커다란 책임이 따른다.

적당한 스트레칭의 힘

개가 낮잠을 푹 자고 일어나 몸을 낮추고는 길고 멋지게 기지개를 켜는 것을 지켜본 적이 있는가?

깨어있는 동안 우리의 몸은 대부분 수축 상태에 있다. 컴퓨터 앞에 구부정하게 앉아서 일하든 육체적으로 좀더 힘든 일을 하든 우리의 근육들은 수축되거나 힘을 쓰는 등 계속 뭔가 하는 상태다.

모든 음에는 양의 특성이 있고, 모든 양에는 음의 특성이 있다. 모든 뒤에는 앞이 있고, 그 반대도 마찬가지다.

줄이기 대 늘리기. 산성 대 알칼리성. 뜨거움 대 차가움. 밀기 대 당기기. 수축 대 팽창.

그러니 우리가 한 가지 일을 하며 시간을 보낼 때는 그 대응 관계에 있는 일과 균형을 맞출 필요가 있다.

적당한 스트레칭은 건강과 체력을 유지하는 데 필수적인 요소이며, 여러 혜택이 따른다. 혈액 순환을 원활하게 하고, 몸의 유연성을 높인다. 관절과 팔다리의 움직임이 좋아지며, 자세를 교정하고 통증을 줄이는 데 도움이 된다. 스트레스가 줄어들고 기분이 나아지며, 전체적으로 몸의 가동성이 향상되어 삶의 질이 높아진다.

요가 자세들의 명칭은 동물의 이름을 따서 지어진 것이 많다. 개의 움직임을 그대로 흉내 낸 자세도 다운독(개가 얼굴을 아래로 향하고 기지개를 펴는 자세)과 업독(개가 머리를 위로 치켜든 자세) 등 몇 가지가 있다. 이 두 자세는 상체와 하체의 다양한 근육, 즉 어깨, 가슴, 팔 뒤쪽, 상체 중간 부위와 코어, 고관절, 다리 뒤쪽 그리고 발을 둘러싼 모든 근육을 늘여준다. 당신은 반려견이 멋지게 다운독 자세를 한 뒤 뒷다리를 뒤로 쭉 뻗는 모습을 볼 수도 있을 것이다. 이것이 바로 음과 양의 조화다.

오랫동안 앉아 있었거나 온종일 컴퓨터 작업을 했다면, 방금 힘든 운동을 마쳤거나 이제 막 잠에서 깨어났다면, 혹시 긴장되거나 스트레스를 받는다면, 개에게서 팁을 얻어 온몸에 생기를 불어넣는 기분으로 멋지게 스트레칭을 해보자. 기분이 훨씬 나아질 것이다. 내 반려견을 걸고 장담한다!

'행복한 개'는 어떤 개일까?

우리는 진정한 '행복'과 우리가 생각하는 행복한 모습의 차이를 구분할 줄 알아야 한다. '행복'한 개는 차분하고 안정된 개다.

잠시도 가만히 있지 못하고, 안절부절못하며, 걸핏하면 지나치게 흥분하고, 대부분의 시간을 그런 상태로 보내는 개는 행복하지 않다.

개가 행복하기를 원한다면 반려견이 차분하고 안정된 상태에 이르는 데 필요한 것들을 제공하려고 노력해야 한다.

개가 당신을 통제하게 하지 마세요

행동은 상황의 맥락과 상당한 연관이 있다. 그러니 행동을 이해하고 다루려면 눈에 보이는 것 너머를 보고, 행동의 근원을 생각하는 훈련을 해야한다.

인간은 다른 사람들을 대하는 말투나 태도에서 많은 것이 드러나는 편이다. 우리는 말과 행동 그리고 전반적인 태도를 통해 우리의 이야기를 들려준다. 그것들이 우리의 접근법이자 우리가 선택한 반응이며, 의사를 전달하는 방식이다.

우리의 태도는 우리의 근본적인 생각이나 믿음 혹은 일련의 신념들이 확장되어 나타나는 것이다. 그 생각과 믿음, 신념들은 우리 삶의 어딘가에서, 대개는 아주 어렸을 때부터 발달하고 굳어진 것들이다. 또한 우리가 스스로에 대해 느끼는 감정은 다른 사람들을 대하고 소통하는 방식에 반영되기도 한다.

우리는 모든 면에서 완벽한 상태로 태어난다. 순수하고, 진실하고,

개방적이고, 쉽게 의심하지 않고, 자애로운 상태로 말이다. 다만 성장과 발달을 겪으며 주변 세상의 영향을 받아 길들여지는 것이다. 우리가 양육되고 교육받은 방식 그리고 우리가 접한 모든 사람과 환경이 우리가 스스로를 어떻게 바라보는지 그리고 얼마나 세상에 '적합'한 존재라고 느끼는지 같은 자기 자신과 세상에 대한 개념을 형성하는데 영향을 미친다.

여러 차례 말했듯 삶이 불만족스럽고 욕구가 채워지지 않을 때 사람들은 신경증적 행동을 하거나 정신적인 문제를 겪는다. 대응 기제 혹은 '마비' 기술을 발달시키기도 한다. 마약 복용이나 과도한 흡연, 음주, TV 시청, 폭식, 인터넷 사용, 소비, 비난 등이 그것들이다. 개들도 마찬가지다. 본능적 욕구가 채워지지 않으면 개들도 비슷한 반응을 보인다. 과도하게 짖고, 뛰어다니고, 땅을 파고, 낑낑거리고, 물어뜯고, 자기 꼬리를 좇아 빙빙 돈다. 더 나아가 분리 불안을 겪거나 공격적인 행동으로 이어지기도 한다.

우리가 변할 때까지 개들은 변하지 않는다. 우리가 행동을 바꾸지 않으면 개들은 행동을 바꾸지 않는다. 우리의 감정과 행동 그리고 마음속 에너지를 통제하지 못한다면 개들이 믿고 따를 수 없다. 이는 어느 관계에나 적용되는 사실이다. 상사, CEO, 선생님 등 리더십을 발휘하며 당신을 이끌어줄 것으로 기대했던 사람이 평정심을 잃고 감정에 휘둘려 우왕좌왕하는 모습을 보인다면, 당신은 그 사람을 믿고 따를 수 있겠는가?

앞서 언급했던 시저 밀런은 '의도×감정=에너지'라고 말한다. 나는 여기서 한 걸음 더 나아가 '의도×감정=투사된 에너지'라고 말하고 싶다. 우리 고유의 에너지, 즉 '근본 에너지'는 우리가 늘 가지고 있었고 늘 같은 자리에 존재했던 것이다. 그것은 본질적으로 우리 자신이다.

여기에는 나의 초자연적 믿음이 담겨있다. 우리에게는 에너지로 이루어진 영혼이 있고 인간으로서 육체적 경험을 하고 있는 것이라 생각한다. 우리는 모두 같은 곳에서 와서 때가 되면 그곳으로 돌아간다.

영혼은 영원하다. 우리는 절대 죽어 없어지지 않으며 단지 상태가 변화할 뿐이다. 그럴수록 '근본 에너지'와 다시 연결되고, 그것을 통해 살아가는 법을 배우는 것이 삶에선 더 중요해진다. 외부 환경에 영향을 받아 만들어지고 길들여진 모습에 가려진 우리의 본래 모습을 기억해야 한다.

우리는 의도가 분명하고 확고하며 의심의 여지가 없을 때, 그리고 감정을 흔들림 없이 잘 통제할 수 있을 때, 다른 이들이 오해하지 않고 정확하게 읽고 느낄 수 있는 에너지를 내보낸다.

우리가 모든 일을 통제할 수는 없다. 하지만 일어나는 일에 대한 우리의 반응은 통제할 수 있다. 이것을 성공적으로 터득했을 때, 우리는 반려견에게 "고마워, 그치만 내가 알아서 할게"라는 중요한 메시지를 전달할 수 있다.

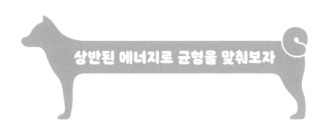

상반된 에너지로 균형을 맞춰보자

우리는 상대의 에너지에 맞춰 동기를 부여하고, 공평한 경쟁의 장을 만든다. 위안을 주기 위해, 안정과 균형을 제공하기 위해 그들의 에너지에 대응하기도 한다. 서로 간에 합의를 통해 확신을 가지고 이해하며 함께 나아갈 수 있도록 상대방의 기운에 맞춰 대응해야 할 때도 있다.

앞서 말했듯 '흥분한 상태'와 '동기가 부여된 상태' 사이에는 차이가 있다. 하지만 이 둘은 공존이 가능하다. 대부분 우리는 안정을 찾고 그 상태를 유지하도록 노력한다. '안정'이란 '균형 잡힌 상태'를 의미하며, 모든 훌륭하고 건강한 선택과 반응은 여기서 비롯된다. '흥분'은 그 반대다. 그것은 불균형하게 치솟은 에너지로, 억누르지 않으면 큰 혼란을 일으킬 수도 있다. 그러나 한편으로는 의욕이 없는 이들에게 동기를 부여할 수도 있다. 모든 것에는 적절한 때와 장소가 있다 하지 않았는가.

반려견과 함께할 때는 매 순간 그들의 에너지가 어떤 상태인지 느끼는 것이 중요하다. 그 에너지에 맞춰 대응하면 개들을 이끌고, 안내하고, 소통하기에 안전한 환경을 조성할 수 있다. 이것은 내가 모든 개들에게 본능적으로 사용하는 접근법이기도 하다. 이렇게 하면 그 순간 개들이 우리와 연결되기 위해 무엇을 필요로 하는지 알 수 있다.

예를 들어 극도로 낮은 에너지를 가졌고 별 의욕도 없는 개들에게는 동기를 자극하고 기운을 끌어올릴 약간 흥분된 에너지가 필요할 것이다. 반면 이미 흥분해 있거나 극도로 높은 에너지를 가져 쉽게 들뜨는 개들이라면 먼저 안정적이고 차분한 에너지로 진정시켜야 우리의 말을 들을 것이다. 상반된 에너지로 균형 맞추기. 이것은 하나의 예술이자 기술이다.

숨겨진 보물을 찾아 파헤치자

우리의 내면에는 본질적으로, 그리고 영적으로 진정한 우리의 모습이 묻혀 있다. 우리가 살아가는 이 세상에는, '행복'해지고 '충분'해지려면 특정한 모습이 되어야 하고 특정한 것들을 가져야 한다는 메시지가 끊임없이 쏟아진다. 그 메시지에 따르면 우리는 특정한 목표를 달성하고 특정한 자격을 갖추어야 한다. 어느 정도 규모의 현금 자산과 자동차, 집을 보유해야 하는 것은 물론이다.

아름다움과 행복, 성공, 성취의 의미가 모두 정해져 있으며, 그에 부응하지 못하면 우리는 실패한 것이고, 수치심, 죄책감, 당혹감, 그리고 불안감이 뒤따른다. 전부 사회와 문화가 우리에게 기대하는 기준에 부합하지 못했기 때문이다. 그 기준에 맞춰야 이 사회에서 생계를 유지할 수 있는데 말이다.

삶은 발견보다 재발견에 가깝다. 우리를 겹겹이 에워싼 조건과 가정들을 벗겨내면 본연의 나 자신과 다시 연결될 수 있다. 그것은 자기 자신으로 돌아가는 순례길이기도 하다.

우리 각자의 내면에는 놀라울 정도로 강하고, 용감하고, 영향력 있고, 현명하고, 직관적이고, 창의적이고, 자애롭고, 뛰어난 회복력을 자랑하는 멋진 영혼이 깃들어 있다. 당신 삶의 '목적'이 무엇인지 조금이라도 궁금하다면, 이것을 기억해낸 뒤 삶에 적용하는 것이 중요하다. 당신이 어렸을 때 어떤 사람이었고 무엇을 하면서 시간을 보냈는지 떠올려보라. 외부의 영향을 덜 받고, 덜 길들여지고, 더 진정성 있고 진실한 모습 말이다. 당신은 무엇에 끌렸는가? 당신이 시간 가는 줄 모를 정도로 빠져들었던 것은 무엇인가? 당신을 가장 살아 있다고 느끼게 한 것은 무엇인가? 그것이 무엇이든 다시 당신의 삶으로 초대하라. 그것이 당신이 진정 누구인지에 대한 훌륭한 단서다. 우리는 모두 고유하다. 각자 자신만의 특별한 재능을 가지고 이 세상에 태어난다.

마당을 파헤치는 개들에게 힌트를 얻자. 세상이 정한 조건 아래 길들여진 것들을 파헤치고 걸러내자. 당연히 어느 정도의 시간과 노력이 필요할 테고 억눌렸던 감정들이 드러날 수도 있다. 그렇지만 그것 때문에 최종 목표를 단념하지는 말자.

계속 파헤치면 묻혀 있던 보물을 찾게 될 것이다.

계속 파헤치면 묻혀 있던
보물을 찾게 될 것이다.

낮잠은 고양이만을 위한 것이 아니다

현대사회의 일중독 문화로 인해 미리 시간을 빼두는 게 아니라면 낮잠이 거의 불가능한 것이 되어버렸다.

사람처럼 한 번에 잠을 몰아 자는 동물은 극히 드물다. 인간을 제외한 대부분의 동물은 수면 주기와 각성 주기가 번갈아 나타난다. 낮잠을 자면서 휴식을 취하다가도 외부 자극을 느끼면 즉시 깨어나 대응하고 이 패턴을 반복한다.

고대 로마인은 스페인 사람들과 마찬가지로 동틀 무렵에서 여섯six 시간이 지난 후 낮잠을 잤는데, 여기에서 '시에스타siesta'라는 용어가 탄생했다. 그러나 애석하게도 바쁜 생활 방식이 전 세계로 퍼지면서 이 관습은 역사의 뒤안길로 사라져가는 듯하다.

낮잠은 생물학적으로 타고나는 우리의 욕구다. 낮잠을 자면 우리는 많은 혜택을 얻을 수 있다. 한층 더 기민해지고, 인지력과 기억력이 상승하며, 창의력이 증진된다. 전반적인 감각이 발달하고 에너지와 생산성 그리고 수행 능력이 올라간다. 면역력이 강화되며, 동시에 성욕도 증가한다. 체중 감량과 심신의 회복에도 도움이 된다. 이뿐만 아니라, 정신을 차리고 집중하기 위해 고카페인 음료와 일반 의약품에 의존하지 않게 되니 돈을 절약할 수 있다. 다시 한번 개들의 조언을 따라보자. 건강과 행복 그리고 더 멋진 삶을 위해 낮잠을 자보자.

우리는 개를 키우며 성장한다

    개 훈련과 행동 교정은 인간의 자기 계발과 비슷한 면이 있다. 자제력을 키우고 자신감과 자부심을 가지게 된다. 그러면서 스스로를 사랑하고 존중하고 받아들이는 법, 충동을 조절하는 법 그리고 살면서 갖춰야 할 예의와 태도를 배워나간다. 조건에 맞게 길들여지고 행동이 형성된다. 세상을 바라보는 관점과 시선을 가지게 된다. 그러면서 자기 자신과 세계에 대한 개념이 발달하고, 스스로를 더 잘 이해할 수 있게 된다. 건강한 대응 기제를 가지고 감정을 다루는 기술도 발전시킨다.

    삶이란 배움의 연속이다. 훈련과 행동 형성은 매일같이 일어난다. 우리는 우리가 시간과 에너지, 노력과 관심을 기울이는 만큼 발전하며, 개들도 우리가 시간과 에너지, 노력과 관심을 기울이는 만큼 발전한다. 우리 자신과 반려견의 생활 방식이 발전하는 것은 필수적인 동시에 가장 가치 있는 투자다.

우리가 스스로에게 투자하는 것은 우리에게 의존하는 모든 존재에게 간접적으로 투자하는 것과 같다. 자기 자신 그리고 다른 사람들, 반려견들과도 더 건강하고 균형 잡힌 관계를 맺길 원한다면, 먼저 자신에게 투자해야 한다.

모든 개는 자기만의 고유하고 독특한 성격을 지녔고 우리가 돌보는 개들도 우리가 그들을 돌볼 때 뭔가 다른 새로운 모습을 보여주기를 바란다. 개들은 이런 방법으로 우리의 성장과 발전을 돕는다. 더 예리하게 자신의 상태를 알아차리고, 각 상황에 발산하는 에너지에 대해 더 깊은 책임감을 느끼도록. 더 헌신하고 노력하며, 더 나은 소통 방식을 찾도록. 또한 관대해져야 할 때는 관대해지고 결단력이 필요할 때는 단호해지며 건강한 균형을 배워나가도록 도와준다.

개의 회피와 인간의 회피는 다르다

회피는 외면하는 행위, 편안한 상태를 유지하기 위해 원치 않는 것을 멀리하는 행위다. 스트레스, 불안감, 불편함 그리고 공포심을 유발하는 상황을 피하는 것은 이런 감정들을 다루는 한 방법이다. 우리는 대부분 싸움, 대립, 갈등과 같은 상황을 피하기 위해 회피라는 대처 방식을 선택한다.

개들의 회피는 여러 형태로 나타날 수 있다. 그중 가장 흔한 방식은 다음과 같다.

- 자리를 벗어나거나 무시한다.
- 코를 계속 킁킁거리거나 어떤 식으로든 '바쁘게' 움직인다.
- 고개를 돌린다.
- 몸 전체를 돌린다.

이런 모습은 전부 개가 자신의 불편함을 전달하기 위해 우리에게 보내는 신호다. 개의 입장에서는 이렇게 행동하는 것이 다른 격렬한 반응보다 훨씬 더 나은 선택이기 때문이다. 그러므로 **반려견이 회피를 선택한다면, 그 선택을 존중하고 지지해주는 것이 우리의 역할이다.**

대부분의 사람들이 개는 매사에 천하태평이고 털 달린 천방지축 꼬마처럼 즐거워해야 하며, 심지어 다른 개들과 같이 있을 때도 그런 모습을 보여주어야 한다고 생각한다! 어떤 개가 다른 개들과 장난치며 즐겁게 뛰어놀 정도의 사교성을 갖추고 있지 않으면 문제가 있다고 여긴다. 나는 개의 사회성이란 버릇없이 굴지 않고 다른 개나 사람과 공간을 공유할 줄 아는 능력이며, 그 정도면 충분하다고 생각한다. 상대를 존중하며 한 공간에 함께 있을 줄 아는 정도 말이다.

개들은 개별적인 존재로서 고유한 개성을 지녔다는 점에서 인간과 매우 닮았다. 내향적인 개도 있고, 좀더 외향적인 개도 있다. 민감한 개도 있고, 그다지 민감하지 않은 개도 있다. 모든 개가 우리의 존중과 지지를 받을 자격이 있다.

이제 회피의 이면을 들여다보자. 회피가 개인의 성장과 발달에 방해가 되는 시점은 언제일까? 불편한 감정을 유발하는 상황이 닥쳤을 때 우리는 반려견과 함께 그 상황을 해결하기 위해 시간과 노력, 에너지를 쏟을 수도 있고, 혹은 그 상황을 평생 회피하며 살아갈 수도 있다.

불편한 상황을 피하지 않고 마주하는 것은 우리를 성장시킨다. 두려움을 극복하도록 도와주며, 자신감을 키워준다. 우리가 느끼는 두려움FEAR은 대부분 상상에 불과하며, 진짜처럼 보이는 가짜 증거들이다False Evidence Appearing Real. 두려움을 극복하는 유일한 방법은 그것을 받아들이고 직접 헤쳐나가는 것이다. 꾸준히 계속해서. 그래야만 두려움의 크기가 줄어들고 우리를 옥죄던 힘도 약해진다.

반대로 불편한 상황을 회피하면 우리는 영영 그것으로부터 자유로워지지 못하고 정체될지도 모른다. 그러면 우리는 소중한 경험과 교훈을 얻을 기회와 성장 잠재력을 빼앗길 수도 있다.

개들이 스스로 판단하여 불편한 상황을 회피하기로 선택하는 것은 좋은 일이다. 하지만 인간이 자신의 불편함 때문에 개에게 어떤 상황을 회피하도록 강요하는 것은 다른 문제다. 나는 그런 강요가 역효과를 낼 거라고 장담한다. 이전에 없던 불편함과 경각심을 불러일으킨다. 우리의 반응과 행동으로 애초에 피하려고 했던 상황을 다시 만들어낼 수도 있는 것이다.

반려견이 관여하지 않고 회피하기로 선택했다면, 우리는 이 선택을 존중하고 지지해주어야 한다. 하지만 우리가 개인적인 두려움 때문에 회피를 선택하는 것은 완전히 다른 이야기다.

반려견이 회피를 선택한다면,

그 선택을 존중하고 지지해주는 것이 우리의 역할이다.

부정에서 긍정으로

우리는 에너지가 넘치는 세상에 살고 있다. 세상의 모든 것이 에너지로 이루어져 있다. 감정, 신체의 움직임, 태양, 바람, 빛과 열, 밀물과 썰물 등 모든 것이 에너지의 근원이자 통로다.

하지만 이제 그 에너지를 좀 다스려보자.

우리는 내면에 존재하는 다양한 에너지를 정의하고 의미를 부여한다. 그것을 다듬고 변형시키며, 새로 만들기도 한다. 추를 매달아 가라앉게 하거나 날개를 달아 주기도 한다.

말에도 에너지가 있다. 말뿐만 아니라 생각, 믿음, 느낌, 감정도 모두 매우 강력한 형태의 에너지이다. 우리가 쏟아내는 것은 다시 우리에게 돌아온다. 다시 말해 우리는 세상으로 내보낸 것을 그대로 돌려받는다. 다른 사람들과 소통하고 관계를 맺기 전에 먼저 우리 자신을 돌아보는 것이 매우 중요한 이유이다. 지금 내 기분은 어떤가? 무슨 생각을 하고 있는가? 무엇이 이 모든 것을 주도하고 있는가? 우리가 다른 사람들을 대하는 태도는 우리의 모든 것을 알려준다.

우리가 뭔가에 집중하고 에너지를 쏟는다는 건 그것이 더 크고 강해지도록 자양분을 공급하는 것과 같다. 우리가 속으로 자꾸 '믿을 만한 사람이 아무도 없어', '난 충분치 않아', '난 시도하는 족족 실패해', '희망이란 건 없어. 결국 실망하고 말 테니까', '사랑은 너무 위험해' 혹은 '내 약점을 이야기하는 건 정말 위험해, 결국 이용당하고 말 걸'이라고 생각하면 그런 부정적인 생각들에 먹이를 주는 셈이고, 그 생각들이 자라나 우리의 현실이 되게끔 만드는 것이다. 우리의 현실은 우리가 어떤 사람인지, 다시 말해 우리를 지배하는 생각과 믿음, 느낌과 말을 고스란히 반영한 것이다.

이 행성에 사는 모든 존재는 에너지로 이루어져 있다. 에너지를 받아들이기도 하고, 생성하기도 하며, 흘려보내는 통로 역할도 한다. 우리는 에너지로 이루어진 영적 존재로서 인간적이고 육체적인 경험을 한다.

낯선 사람이 당신이 있는 공간 안으로 걸어들어왔을 때, 불안하고 초조한 느낌이 든 적이 있는가? 여기에는 이유가 있다. 당신은 그 사람이 어둡고 불균형한, 경직되고 불안정한 에너지를 내뿜고 있는 것을 즉시 감지한 것이다. 우리는 모두 이런 믿을 만한 에너지 감지기를 지니고 있다. 개들도 다르지 않다. 오히려 사람보다 훨씬 더 잘 감지한다. 그래서 개들이 성격을 잘 판단한다는 말이 있는 것이다.

진정한 건강과 균형을 위해 자신이 어떤 에너지를 만들고 내보내는지 의식하려고 노력하는 것은 필수적이다. 바로 그 에너지에 다른 사람들이 반응을 보이기 때문이다. 우리가 어떤 생각들에 먹이를 주고 있는지를 깨달으면 그 생각들의 회로를 다시 설계하고 그런 생각들을 낳은 신념들을 처리할 수 있다. 그런 나쁜 생각들이 우리가 특정 상황에 대처하는 방식과 다른 이들과의 상호작용 그리고 우리의 반응을 통제하고 지배하지 않도록 그 생각들과 분리될 수 있다.

에너지는 어둡고 무거울 수도 있고, 밝고 자유로울 수도 있다. 우리는 매일 유기농 녹즙을 마시고, 채식을 하고, 요가나 달리기에 심취하고, 중독될 정도로 침술이나 마사지를 받고, 명상에 몰두하는데도 여전히 아플 수 있다. 그것은 부정적인 에너지 때문이다.

부정적 에너지에는 독성이 있어 우리의 몸에 부작용을 일으킨다. 우리가 잘 자라도록 보살피는 것이 아니라 반대로 우리를 짓누르고, 건강에 악영향을 미친다. 신체적, 정서적, 정신적으로 모든 면에서 우리 삶의 질을 떨어뜨린다. 부정적인 에너지로 인해서 질병과 고통을 일으키는 방식으로 느끼고, 생각하고, 말하게 될 수 있다는 것이다. 나는 그런 모습을 목격하기도 했고, 또 직접 경험하기도 했다.

부정에서 긍정으로의 전환은 단지 증상만을 다루어서 될 문제는 아니다. 증상을 다루는 것 또한 긍정적인 마음을 키우며 안정을 찾는 데 도움이 되기는 하지만 우리는 더 깊이 각자의 내면을 탐구해야 한다. 이리저리 부딪혀보고, 불편을 느끼고, 두려움을 받아들이면서 내면의 작동 방식에 정면으로 대응해야 한다. 우리의 현실은 이 작동 방식에서 생겨난 것이다. 만약 우리의 삶이나 우리 눈에 보이는 것들이 별로 만족스럽지 않다면, 우리 내면에서 벌어지고 있는 일을 돌봐야 한다는 뜻이다.

당신이 선승禪僧이 되어야 한다는 말이 아니다. 이것은 각자의 존재를, 당신이 인간임을 받아들이는 일이다. 세상이 강요한 스스로에 대한 인식을 재정립하고 가장 나은 모습의 자신이 되기 위해 노력하는 일이다. 장담컨대 반려견뿐만 아니라 다른 사람들의 반응도 달라지는 것을 느낄 것이다.

우리는 어떤 에너지를 만들고 어떤 에너지를 받아들일지를 언제나 선택할 수 있다. 우리뿐만 아니라 주변의 모든 것과 우리에게 의존하는 존재들을 둘러싼 에너지도 마찬가지다.

우리는 반려견의 중요한 정보원이다. 개들은 행동에 대한 신호와 지침, 지시와 더불어 그 상황을 어떻게 느껴야 할지도 우리가 알려주리라 기대한다. 그러니 우리가 에너지를 통해 어떤 정보를 전달하고 있는지 민감하게 알아차리는 것이 중요하다.

각각의 상황에서 우리가 발산하는 에너지를 더 민감하게 알아차리고 그것에 더 큰 책임감을 가지는 것은 일상의 훈련이자 하나의 과정이다. 이 과정을 충실히 따라가면 반려견은 우리에게 가장 정직하고 믿을 만한 답변을 줄 것이다.

개들은 우리가 가진 에너지에 섬세하게 주파수를 맞춘다. 그러므로 개들이 믿

고 따를만한 안전하고 편안한 에너지를 만들고 내보내는 법을 배우면 우리와

개들의 전반적인 관계가 열 배는 더 좋아질 것이다. 자신감, 안정감, 자기 확신,

평온함, 확고함, 이 모든 자질이 합쳐졌을 때 리더가 만들어진다.

예상치 못한 일들에 미리 대비하자

예상치 못한 일들은 큰 혼란과 급격한 감정의 변화를 일으킨다. 그 정도가 심할 경우 반려동물의 존재는 잊힐 수도 있다.

어떤 사람이 치명적인 사고를 당하면 며칠이 지난 뒤에야 그 집에서 반려동물이 발견되는 경우가 종종 있다. 그 개들은 며칠을 아무것도 못한 채 굶주리며 그저 충실히 기다린 것이다. 또한 훌륭하고 헌신적인 개였음에도 반려인이 아프거나 세상을 떠난 후 다른 가족들에 의해 보호소에 버려지는 사례도 많다. 비극이다. 그 개들은 집에서 쫓겨나 감방 같은 보호소의 차갑고 축축한 시멘트 바닥에 앉아 있어야 한다. 상실과 이별이 주는 스트레스에 더해, 달라진 환경에서 오는 스트레스에도 대처해야 한다. 어리둥절하고, 혼란스럽고, 너무나 두려울 것이다. 그 개들의 삶은 대부분 그곳에서 끝난다. 받아들이기엔 가슴이 찢어질 듯 아프겠지만, 이것이 현실이다.

많은 사람이 반려견을 또 하나의 가족으로 생각한다. 어쨌든 반려견의 생애는 전적으로 우리에게 달려 있다. 우리가 더 이상 개들 곁에 있지 못할 때 그들의 삶은 그들을 잘 모르는 이들의 선택에 맡겨진다. 그러면 안타깝게도 충분한 보살핌을 받지 못할 수도 있다.

사람들은 보통 자신이 사랑하는 반려동물보다 오래 살지만, 때로는 예상치 못한 뜻밖의 일들이 벌어지기도 한다. 우리가 없을 때를 미리 대비해 우리의 개들을 보호할 수 있는 좋은 방법이 몇 가지 있다.

- 당신에게 무슨 일이 생겼을 때 대신 집에 들어가 잠깐이든 오래든 당신의 개를 돌봐줄 수 있는 가까운 친구나 친척 몇 명에게 집 열쇠를 맡겨두자. 당신의 반려견이 무엇을 먹으며 어떻게 돌봐줘야 하는지, 일상생활에서 필요한 물건은 무엇인지, 무엇을 좋아하고 싫어하는지, 건강 상태와 의료 기록은 어떤지 등 신상에 대한 정보와 당신이 사전에 들어둔 펫 보험 같은 것이 있다면 그 정보도 그들에게 남겨두자.

- 당신이 집을 비우는 동안 무슨 일이 생기면 기꺼이 나서줄 이들의 이름과 전화번호가 적힌 '비상 연락망'이나 '긴급 알림' 카드를 늘 지갑에 넣고 다니자. 그리고 종이에 '화재시' 또는 '비상시'라는 문구와 함께 반려동물의 수와 종류를 적어 문과 창문에 붙여두자. 이때 구조 요원이 그 메모를 오래된 것으로 오인하지 않도록 새것으로 자주 바꿔 항상 양호한 상태로 유지하는 것이 중요하다.

- 당신의 반려동물이 평생 보살핌을 받을 수 있도록 준비하자. 특별한 유언 장, 신탁 또는 기타 법적 효력이 있는 문서를 작성해 반려동물이 보호를 보 장받을 수 있게 하자. 우리는 우리가 이 세상에 없을 때도 사랑하는 사람 들을 보호하기 위해 유언장을 남긴다. 사랑하는 반려견을 위해서도 그렇게 해야 하지 않을까? 우리의 퍼밀리furmily(fur(털)와 family(가족)의 합성어로, 털 이 있는 동물을 키우는 가족 공동체라는 의미이다—옮긴이)를 보호하는 유언장 을 작성하는 일은 생각보다 쉽다. 기술의 발전 덕분에 집에서도 할 수 있다. www.LegalZoom.com과 같은 웹사이트에 들어가면 무슨 일이 생겼을 때 반려동물의 권리를 보장해줄 셀프 유언장 양식을 다운받을 수 있다. 반려 동물을 맡길 후견인을 지정하고, '소원서Letter of Wishes(유언장에 첨부하는 서 류로, 법적 구속력은 없지만 후견인에게 중요한 지침을 제공한다—옮긴이)'를 쓰 고, 돌봄에 필요한 자금을 마련해두고, 반려동물의 사진을 동봉한 상세한 편지를 써놓자.

인간은 대개 반려동물보다 오래 산다. 그렇기 때문에 사랑하는 반 려견이 세상을 떠날 때의 슬픔과 고통을 예견하는 사람들이 많다. 우 리는 우리의 충직한 동반자가 불가피하게 우리를 두고 먼저 떠나게 되는 슬픈 날, 우리가 그 슬픔을 어떻게 감당할지에 대해 생각하곤 한다. 그런데 개들은 어떨까?

우리의 '퍼밀리'를 위해 준비해두자. 지금 당장이라도 예상치 못한 일이 일어날지도 모르니.

사랑을 가장 멋지게 표현하는 법

　누군가를 '죽도록 사랑한다'는 표현을 들어본 적이 있는가? 우리 중 많은 사람이 매사에 두려워하고 걱정하고 불안해하며 심리적으로 불균형해질 정도로 반려견을 사랑한다. 어떻게? 개들의 불안하고 균형 잡히지 않은 마음까지 다 받아주며 과보호하며. 하지만 반려견의 마음 상태가 어떻든 우리가 관심과 애착을 보이는 것은 그 상태를 더욱 강화하도록 부추기는 것과 같다. 여러 번 말했듯 우리가 먹이를 주는 것들은 자라나게 마련이고, 우리가 관심과 애정을 기울이는 것은 더 크고 강해진다.

　아이들을 가르칠 때처럼 반려견에게도 스스로 진정하는 법을 가르치는 것이 중요하다. 그러지 않으면 지나치게 의존적이고 건강하지 못한 관계가 되어 분리 불안을 겪을 수 있다. 우리가 계속 곁에 있거나 영향을 주지 않아도 하나의 개체로서 안전하게 있을 수 있다는 사실을 알려주어야 한다.

앞에서도 말했지만 친구가 아니라 '부모'가 되자. 반려견의 상태를 관리하고 그들이 이 세상을 이해하도록 돕는 것이 우리의 책임이다. 개들이 자신의 위치를 파악하고 적절한 것과 부적절한 것, 매너 있는 행동과 그렇지 않은 행동, 존중과 무시의 차이를 이해할 수 있도록 도와야 한다. 개들은 이 세상이 어떤 곳인지, 그리고 세상이 그들에게 무엇을 기대하는지 알고 태어나지 않는다. 우리가 그들을 지지하고, 안내하고, 길을 보여주어야 한다.

이것이 반려견들을 세상에 적응하도록 준비시키고, 좀더 주도적으로 자신감 있게 스스로를 이끄는 법을 가르치는 것이다. 또한 자기 자신과 이 세상에 대한 이해를 높이는 방법이다.

개와 '친구'가 되는 것으로는 신뢰나 존중을 얻지 못하며, 우리가 추구하는 관계를 형성할 수 없다. 아무리 개를 애지중지하며 기른다 해도, 규칙과 경계, 노력해서 얻는 경험이 주는 가르침을 대신할 수는 없다.

우리는 우리의 정서적인 욕구보다 개가 지닌 본능적이고 원초적인 욕구를 먼저 충족해줌으로써 '사랑'을 가장 멋지게 표현할 수 있다.

당신이 먼저 평온해지자

평온. 평화. 고요. 이러한 상태에 도달하는 것은 일상의 훈련이자 하나의 과정이다. 특히 나처럼 초조함과 불안감에 익숙한 사람에게는. 내 어머니는 나를 임신했을 때 극심한 스트레스를 받았고, 그 스트레스가 뱃속의 나에게도 전달되었다. 내가 이것을 이해하고 그에 맞춰 대응하는 데는 오랜 시간이 걸렸다. 혼자 공부도 하고, 자기 인식, 가치관, 그리고 신념을 고치는 일을 거듭했다. 침술, 명상, 마사지, 요가에 몰두하기도 하고, 일기를 쓰고 음악을 듣기도 했다. 염증을 억제하기 위해 알칼리성의 깨끗한 음식을 먹으려고 노력하며, 자연 속에서 아주 긴 시간을 보내기도 했다.

다시 시저 밀런의 말을 빌리면 "우리가 만나는 개가 늘 우리가 원하는 개는 아닐 수 있지만, 언제나 우리에게 필요한 개인 것은 분명하다". 우리의 삶 속으로 들어오는 각각의 개는 매번 우리에게 새롭고 다른 무언가를 요구한다. 이것이 바로 개들이 우리가 성장할 수 있도록 돕는 방식이다.

개들은 나의 내면 수행을 이끄는 훌륭한 스승이었다. 그 점에서 내가 수년에 걸쳐 일상적으로 따르고 연구했던 사람들과 어깨를 나란히 한다. 그들은 웨인 다이어Wayne Dyer, 토니 로빈스Tony Robbins, 캐롤라인 미스Caroline Myss, 마이크 둘리Mike Dooley, 돈 미구엘 루이즈Don Miguel Ruiz, 파울로 코엘료Paulo Coelho, 브렌 브라운Brene Brown, 메리앤 윌리엄슨Marianne Williamson, 짐 론Jim Rohn, 지그 지글러Zig Ziglar, 가브리엘 번스타인Gabriel Bernstein, 셰릴 리처드슨Cheryl Richardson, 타마 키에브스Tama Kieves 등 심리학과 영성 분야에서 저명한 학자와 저술가들이다.

나와 매 순간 함께하며 기쁨을 나눴던 개들은 저마다 다른 특성으로 내가 스스로를 이해하고 깨달음을 얻는 데 필요한 것들을 가르쳐주었다. 내가 나의 감정 상태와 신체 언어, 음성 언어를 통해 전달하는 메시지와 나 자신을 다루는 방식. 개들과 있을 때 발산하는 에너지를 알려주었다. 그리고 각자 그 에너지를 다양한 방식과 모양, 형태로 고스란히 돌려보냈다. 그러면서 나는 깨달았다. 개와 함께하는 모든 것은 계속되는 대화이자 소통이라는 것을. 우리는 의식하지 못하지만, 끊임없이 개들과 상호작용하며 소통을 하고 있다.

'평온'은 우리의 가장 자연스러운 상태이자 존재하는 방식이다. 그것은 외부 조건에 길들여지고 영향 받은 겉모습에 가려진 우리의 본질적인 모습이자 핵심이다. 우리는 그 고요한 상태일 때 가장 열린 마음으로 누군가의 안내를 받아들이게 된다. 또한 가장 또렷한 생각을 통해 가장 믿을 만하고 근거 있는 결정을 내릴 수 있다. 그 평온이 바로 우리의 안식처다.

자신의 진정한 본성으로 돌아가기 위해 노력할 때, 우리는 어떤 폭풍이 닥쳐오더라도 잘 견뎌낼 수 있다. 우리의 여정에 일어나는 일보다 그것에 어떤 반응을 보이느냐가 중요하다는 걸 이해하게 된다. 우리의 힘을 기억하며 어떤 모습을 보일지 선택해야 한다. 다른 모든 것과 마찬가지로, 이러한 이해는 하룻밤 사이에 일어나지 않으며 계속 유지되지도 않는다. 그것은 노력이 필요한 일상의 훈련이자 하나의 과정이다.

삶이 더 평온해지도록 노력하는 것은 우리 자신뿐만 아니라 우리와 공간을 공유하는 모든 존재에게 줄 수 있는 가장 큰 선물 중 하나다. 우리가 우리 자신을 어떻게 대하느냐에 따라 삶의 모든 면에서 변화가 일어나기 시작한다. 반려견이 평온해지기를 바란다면 당신이 먼저 평온해지자.

끝까지 해내는 것의 중요성

경계를 만들든, 신호를 주거나 명령을 내리든, 한계를 설정하든, 규칙을 강화하든, '끝까지 해내는 것'은 반려견과의 관계에서 우리가 유의미한 성과를 거두기 위해 매우 중요한 요소다.

끝까지 해내는 것은 우리가 개에게 내리는 지시와 안내를 하나의 행동으로 융합한다. 그 과정에서 반려견에게 가졌던 기대를 강화하고 재확인하며 신뢰를 쌓게된다. 만약 우리가 명령어를 말했을 때 계속 엇갈리는 결과를 얻는다면, 그것은 대개 우리가 끝까지 해내지 않아도 괜찮다고 가르쳤거나, 아니면 우리가 기대했던 바에 비해 몸짓과 어조를 명확하지 않게 전달한 뒤 상황을 방치했기 때문이다. 원하는 전체를 얻기도 전에 '아주 조금'으로 만족하고 끝낸 것이다.

간단명료하다. **일관성 없는 노력은 일관성 없는 결과를 낳고, 일관성 있는 노력은 일관성 있는 결과를 낳는다.**

반려견에게 가지는 기대와 훈련방식에 일관성이 없고 매번 끝까지 해내지 않는다면 우리는 일관성 없는 결과를 얻게 된다. 반대로 기대와 안내에 일관성이 있고 매번 끝까지 해낸다면 그에 걸맞는 결과를 얻을 것이다.

우리 모두 가끔 안주하곤 한다. 하지만 그것이 반복적인 습관으로 이어진다면 우리의 성실성과 수행 능력이 의심스러워지고 결국 아무도 우리를 진지하게 받아들이지 않게 된다. 개의 경우에는 더욱 더 받아들이기 어려워 할 것이다.

끝까지 해내기 위해서는 시간과 인내, 에너지, 온전한 관심과 함께 타협하지 않는 확고한 자세가 필요하다. 각자 원하는 것을 알고, 기대하는 바를 명확히 하고, 그보다 못한 것에 적당히 만족하지 말아야 한다. 일관성 있게 끝까지 해내는 기술을 연마하다보면 신뢰와 존중이 쌓이고, 상호 이해와 소통이 명확해진다.

우리는 반려견들의 나쁜 행동, 나쁜 마음 상태, 나쁜 선택에 동의하지 않는 법을 배워야 한다. 가만히 있으면 우리가 그것들에 동의한다는 의미이기 때문이다. 반려견들의 마음 상태와 행동이 좋아지고, 지속적인 변화를 이끌어내며, 삶의 질을 개선하고, 장기적인 마음의 평화를 얻기 위해서는 문제를 가리거나 억누르지 말고 해결해야 한다.

종일 당신을 기다렸을 개를 위해

요즘 같은 세상에는 우리의 주의를 산만하게 하는 것들이 수없이 많다. 그런 세상 속에서 누군가에게 "사랑해"라고 말하는 가장 좋은 방법 중 하나는 우리의 시간과 에너지 그리고 헌신적인 관심을 쏟는 것이다.

TV를 끄고, 비디오 게임기를 내려놓고, 노트북을 닫자. 너무나 어려운 일이지만 휴대전화도 내려놓자. 누군가의 존재를 알은 척하고 관심을 보여주자. 5분이든 100분이든, 우리의 시간과 에너지 그리고 관심은 모두 '네가 소중하다'는 무언의 메시지를 전하는 값진 선물이다.

대체로 개들은 사람이 일을 마치고 집에 돌아오기를 기다리며 대부분의 시간을 보낸다. 아무런 상호작용도, 아무런 자극도 없이 몇 시간이고 기다린다. 긴 기다림의 하루가 끝날 때까지 그들의 에너지는 소진되지 않는다. 그러나 집에 돌아온 우리는 하루 일과로 너무 피곤하고 지친 나머지 '반려견을 상대하는 것'을 또 하나의 할 일로 여겨

평화와 기쁨 대신 더 큰 스트레스와 불안을 느낀다.

우리의 온전한 관심은 종에 상관없이 누구나 바라는 것이며, 가장 고마워하는 선물이다. 그것을 먼저 선물하자. 나머지 것들은 나중에 줘도 된다.

5분이든 100분이든,

우리의 시간과 에너지 그리고 관심은 모두

'네가 소중하다'는 무언의 메시지를 전하는 값진 선물이다.

받는 것도 주는 것만큼이나 중요해요

사람들은 흔히 '주는 것'에 많이 관심을 쏟고 강조한다. 하지만 앞에는 뒤가, 위에는 아래가, 꼭대기에는 바닥이, 오른쪽에는 왼쪽이, 양에는 음이 있는 법이다. 그런 맥락에서 '받는 것'은 '주는 것'만큼이나 매우 중요한 부분이다. 주고받음은 양쪽이 모두 기여하고 참여하며 전체를 이롭게 하는 아름다운 행위다.

누가 칭찬을 하면 우리는 자신의 부족한 점을 언급하는 등 칭찬받을 자격이 없다고 말한다. 그리고 선물을 받으면 뭔가 보답해야 한다는 의무감을 느낀다. 또한 모든 것을 혼자 알아서 할 수 있는 것처럼 보이려고 애쓰면서, 주위 사람들이 도움의 손길을 내밀기라도 하면 손을 내젓는다. 이렇게 행동하면 우리는 겸손하고 강인하고 독립적인 사람이라는 소리를 듣는다. 이런 모습들은 훌륭한 자질이라 할 수 있지만, 그 방식에 문제가 있다.

받는 것이란 무엇일까? 우리는 의도가 있는 선물과 진심 어린 선물의 차이를 직관적으로 안다. 무언가를 진심으로 받기 위해서는 먼저 자신이 그럴 만한 자격과 가치가 있다는 것을 알고 느껴야 한다. 실제로 우리는 그런 존재이다. 자기 자신을 진정으로 사랑하고 온전히 받아들이면, 모든 형태의 사랑과 인정을 받아들이기가 쉬워진다.

개들은 결코 부정하거나 깔보지 않는다. 그들은 '네 발' 벌려 인정하고, 받아들이고, 즐긴다. 자신을 있는 그대로 전부 내어주고 그 대가로 우리가 주는 모든 것을 받는다.

사랑하고, 주고받기. 이를 반복하면 된다.

삶의 흐름을 따라보자

삶의 흐름에 몸을 맡기자. 파도를 타자. 롤러코스터를 타자. 새로운 길로 산책을 가자. 친구들이여, 이것이 인생이다. 튀어나오고, 푹 꺼져 있고, 구불구불하고, 오르막과 내리막이 반복되는 것이 길의 매력이 자 묘미이다. 숨겨진 축복이자 교훈이고, 순수한 날것의 성격을 만드 는 요소다.

흐름을 따르는 것은 쉬운 길도 게으른 접근 방식을 택하는 것도 아 니다. 지나치게 온순하거나 수동적인 태도도 아니며, 목적 없이 인생 을 헤매는 것도 아니다. 그것은 당신이 당신보다 '더 높은' 곳에 있다 고 여기는 존재와 협력하여 함께 만들어나가는 아름다운 과정이다. 신과 인간이 함께 추는 춤이라고나 할까.

흐름을 따르려면 두려움보다 믿음이 강해야 한다. 우리의 의지는 망 설임보다, 우리의 신뢰는 의심보다 강해야 한다. 풀밭 위에서 뒹구는 개 처럼 굴자. 무엇이 다가오든 받아들이고⋯ 그저 흐름에 몸을 내맡기자.

풀밭 위에서 뒹구는 개처럼 굴자.

무엇이 다가오든 받아들이고… 그저 흐름에 몸을 내맡기자.

좌절감을 다루는 법

인생을 살다보면 좌절감을 겪을 수밖에 없다. 특정한 기대를 가지고 있다면 더욱 더 그렇다. 여러 번 말했지만 중요한 것은 무슨 일이 일어나는가가 아니라, 그것을 해결하기 위해 어떤 선택을 하는가이다.

인간이든 개든 욕구가 채워지지 않으면 좌절감이 쌓이기 시작한다. 이런 에너지를 방출하고 표현하는 긍정적이고 건설적인 방식이 있는가 하면, 그렇지 않은 방식도 있다. 개와 인간이 좌절감을 표출하는 방식은 다르지만, 그 뿌리는 같다. 어쨌든 우리 모두가 좌절감을 다스리려고 노력하고 있는 것이다. 그렇지 않은가?

좌절감을 건강하게 다루는 법을 배우는 것은 인생을 살면서 개발해야 할 중요한 기술 중 하나다. 좌절감을 다스리는 데 도움이 되는 몇 가지 방법이 있다. 머릿속 생각들을 일기장에 적기, 자연에 몰입하기, 운동, 심호흡하기(최고의 '리셋' 버튼이다!) 마사지·기 치료·침술·반사 요법 등으로 신체 건강을 관리하기, 기도와 명상, 소금과 에센셜 오

일을 푼 따뜻한 물에 몸 담그기, 그림 그리기, 악기 연주, 노래 등이 그것들이다.

반려견은 사람이 제공하는 방법에 의존하여 일상에서 쌓이는 에너지를 방출한다. 그렇지 않으면 대부분 물어뜯기, 찢기, 땅 파기, 짖기, 낑낑거리기 등 별로 좋지 않은 방법을 찾아 혼자 해결하려 할 것이다. 반려견이 좌절감을 표현할 때 거기에 우리의 좌절된 에너지를 얹지 않는 것이 중요하다. 차분하게 인내심을 가지고 반려견이 좌절감을 적절하게 표출할 방법을 제공하면 엄청난 도움이 될 것이다.

개에게 운동은 가장 효과적으로 에너지를 방출하는 방법 중 하나다. 이것이 문제 행동을 바로 해결해주지는 않겠지만, 그 강도를 줄여줄 수는 있다. 운동을 통해 쌓인 에너지를 배출하며 안정되고 차분한 상태로 돌아갈 수 있다.

개의 좌절감을 해소하는 데 도움이 되는 또 다른 방법은 정신적 자극을 주는 것이다. 문제 해결 훈련이나 복종 훈련, 놀이나 충동성 조절 훈련이 그런 예다. 이것을 신체 운동과 병행하면 쌓였던 에너지를 두 배로 날려버릴 수 있을 것이다.

좌절감 위에 더 큰 좌절감을 얹지 말자. 그건 해결은 고사하고 불난 데 기름을 붓는 격이다. 앞서 말했듯 반려견은 우리가 각각의 상황에 대한 신호와 지침을 주며 안내해주기를 기대한다는 것을 명심하자. 우리가 차분하고 건설적인 방식으로 삶에 대처하는 법을 배우면 불만이 우리에게 주는 영향이 약해진다. 그리고 같은 공간에 있는 다른 존재들, 특히 반려견을 안심시키는 메시지를 전할 수 있다.

'할 수 없어'와 '하지 않을 거야'의 차이

나는 '할 수 없어'라는 말이 모든 사람의 머릿속에서 사라져야 한다고 생각한다. 매년 사순절에 초콜릿과 탄산음료를 포기할 것이 아니라 '할 수 없어'라는 변명부터 포기해야 할 것이다.

'하지 않겠다'는 단순히 의지가 없음을 나타내는 반면 '할 수 없다'는 말은 능력이 부족하다는 뜻으로 특정 결과를 달성할 수단이나 자원이 없음을 가정한다. '할 수 없어'는 착각이자 핑계이며, 편리한 회피 방식이다. 그것은 더 쉽고 안전한 탈출구이며 저항이 적은 길이다.

우리 모두에게는 능력과 의지가 있다. 무언가를 할지 말지를 결정하는 요인은 우리가 그 일에 얼마나 가치와 우선순위 그리고 의미를 부여하느냐에 달려 있다. 그것이 중요하다고 생각하면 우리는 믿을 수 없을 정도로 능력과 의지를 발휘한다.

'할 수 없어'와 '시간이 없어'라는 말은 함께 쓰일 때가 많다. "개를 산책시킬 수 없어. 그럴 시간이 없거든." "시간이 없어서 개를 훈련시킬 수가 없어." "시간이 없어서 개에게 필요한 것을 해줄 수가 없어." 등등.

아니다. 우리는 할 수 있다. '의지'가 있는 곳에는 언제나 '길'이 있다. 그것은 우선순위, 가치 그리고 관심 정도의 문제다.

우리는 스트레스를 유발하는 문화 속에 살고 있다. 하루 18시간 근무를 치하하고 보상하고 기대하는 사회에 살고 있다. 거기에 아이들, 집안일, 학부모 모임 그리고 다른 가족에 대한 의무까지 챙겨야 하는 사람들도 있다. 그런가 하면 이혼이나 실직, 질병 같은 힘든 상황에 처한 이들도 있을 것이다. 하지만 우리가 어떤 상황에 있든 그 상황 자체가 결과를 좌우하는 것은 아니다. 결과를 좌우하는 건 바로 우리다. 다시 말해 상황에 대한 우리의 태도와 접근 방식 그리고 인식이 결과를 좌우한다.

우리는 손가락 하나만 움직여도 엄청난 양의 정보에 접근할 수 있는 고도로 연결된 세상에 살고 있다. 전문가의 조언, 입문자를 위한 각종 서적과 영상물, 세미나와 워크숍 등 할 수 없다는 말을 반박할 무수히 많은 해법이 있다. 개 훈련에 있어서도 마찬가지다. 반려견을 훈련할 수 없는 사람은 없다.

그동안 할 수 없다고 생각하고 확신했던 일들을 피하지 않고 도전하기 시작할 때 우리는 자부심과 자신감이 쌓인다. 별로 중요하지 않은 일들에 소중하고 가치 있는 에너지를 낭비하는 것이 아니라 한 발짝 뒤로 물러나 돛을 재조정하고, 우선순위를 다시 매기며 그것을 중요한 일들에 쏟는다면 우리는 무엇이든 할 수 있다. 우리의 에너지와 시간, 관심을 올바른 방향으로 관리할 수 있고, 스스로를 더 자유롭게 하며 우리에게 의지하는 모든 존재를 도울 수 있다.

모든 것에 의문을 가져보자

많은 사람들이 과거의 경험이나 신념에 근거해 어떤 일을 성급하게 추측하거나, 판단하거나, 비난한다. 모든 것을 있는 그대로가 아니라 자신이 보고 싶은 대로 보는 것이다.

그런 우리에게 개들은 호기심을 가져보라고 슬며시 부드럽게 말한다. 우리 자신을 비롯한 모든 것에 의문을 가져보라고. 우리가 믿는 것과 눈으로 보는 것을 뛰어넘어, 행동 자체를 판단하지 말고 그 근원을 생각해보라고. 모든 태도와 행동, 반응은 결국 표면 아래에 있는 것이 표현되고 확장된 것에 불과하니까.

모든 것에 의문을 가져 보자. 당신이 읽는 것에. 생각하는 것에. 듣는 것에. 진실이라고 믿는 것에. 이렇게 모든 것에 의문을 가질 때, 우리는 우리의 과거나 대중적인 의견, 혹은 에고의 영향을 받지 않고 가장 순수한 진실에 마음을 열게 된다. 우리 자신과 타인에 대해 더 깊은 연민을 갖게 되며, 성장과 배움이 일어난다.

틀리거나 실패할 가능성을 받아들이고 그 이유를 알려고 노력하는 것은 내면의 평화를 찾기 위해 배워야 하는 중요한 자질이다. 폐쇄적인 마음가짐과 자기중심적 사고를 버리고 개들처럼 삶에 대한 호기심을 유지할 수 있다면, 우리는 더 깊은 이해의 길로 나아가게 될 것이다.

이것은 옳고 그름의 문제가 아니다. 진실과 거짓, 사실과 허구, 현실과 가정의 문제이다. 그러니 유연하게 접근하고, 이론에 얽매이지 않으며, 여유를 갖고 모든 것을 받아들이는 태도를 유지하자. 우리의 반려견들이 허공과 바닥을 향해 코를 킁킁대는 것처럼 사방으로부터 정보를 받아들이자.

개들처럼 삶에 대한 호기심을 유지할 수 있다면,
우리는 더 깊은 이해의 길로 나아가게 될 것이다.

우리는 어느 정도는 환경의 산물이다

이 주제는 '본성이냐, 양육이냐'라는 오래된 논쟁을 불러일으킬 만하다. 둘 다 인간과 개의 발달과 존재에 대등한 영향을 주기 때문이다. 행동의 음과 양인 셈이다.

'본성'이 중요하다고 주장하는 쪽은 DNA 같은 유전적 요인들이 우리의 외형부터 고유한 성격과 특성에까지 영향을 미친다고 주장한다. 반면 '양육'이 중요하다고 주장하는 쪽은 환경적 요인들이 우리에게 많은 영향을 미치며 자아와 세계관 형성에도 관련이 있다고 말한다.

우리는 이 행성에 태어난 날부터 '양육'되기 시작했다. 어린 시절의 경험과 키워진 방식(규칙이나 경계가 있었는지, 어떤 형태로든 강요받은 것이 있었는지, 훈육은 어떠했는지, 부모가 '헬리콥터 부모'처럼 매사에 간섭하지는 않았는지, 실수를 했다 하더라도 그것으로부터 교훈을 얻을 수 있는 안전이 확보되었는지, 건강한 음식을 제공받고 그 중요성을 배울 수 있었는지, 무언가를 얻기 위해 시간과 에너지를 들여 노력하는 과정의 가치를 배웠는지 아니면 아무 노력 없이 무언가를 바라기만 했는지), 사람들과 소통하며 관계를 맺은 양상 그리고 영향을 받은 사회와 문화 등이 양육에 포함된다.

'특성'과 '행동' 사이에는 엄청난 차이가 있다. 이는 본성과 양육의 차이와 맥을 같이하며, '특성'은 본성과 관련이 있고 '행동'은 양육과 관련이 있다.

어떤 사람이 환경의 산물이라는 이야기는 그들이 외부 요인의 영향을 받고 길들여지며 행동을 형성해왔다는 뜻이다.

강아지들이 어미와 형제자매로부터 너무 빨리 분리될 경우, 나중에 건강이나 행동에 문제가 생길 수 있다. 나를 포함해 많은 전문가들이 생후 8주 이전이라면 너무 빠르다고 본다. 이 시기에 강아지는 분유나 사료는 줄 수 없는 영양분을 모유로 얻기 때문이다. 그 영양분은 적절한 발달과 기능, 면역력에 필수다. 또한 이 시기에 강아지들은 그들의 '퍼밀리'로부터 매너 있는 행동, 함부로 물지 않는 습관, 무는 힘을 조절하는 법, 경계를 설정하는 법 등을 배운다.

훌륭한 롤모델과 멘토가 있다는 건 종을 불문하고 엄청나게 유익한 일이다. 그들은 차분하고 자신감이 넘치며, 흔들림 없는 에너지를 직접 보여줌으로써 이끌고, 행동하고, 가르친다. 반면 겁이 많아 습관적으로 긴장하고, 잘 놀라고, 불안해하는 사람들은 그러한 특성을 옮기며, 그것이 이 거대하고 무시무시한 세상에서 살아남는 방법이라는 메시지를 전달할 가능성이 높다.

우리는 환경의 산물이다…어느 정도는. 우리는 주어진 것과 알고 있는 정보들을 가지고 최선을 다해 살아가고 있지만, 성숙한 사람이라면 자신의 행동과 그 결과에 책임을 질 줄도 알아야 한다.

우리에게는 경로를 바꾸고 새로운 길로 넘어가 자기 자신과 현실을 개선할 수 있는 백 퍼센트의 가능성이 있다. 개들도 마찬가지다. 그들은 현재에 충실하고, 믿을 수 없을 정도로 회복력이 강하며, 언제나 균형을 되찾고자 하는 의지와 열망이 있다. 개들이 그렇게 할 수 있도록 돕는 것이 우리의 역할이다. 이전과는 다른 관점과 태도, 다른 에너지로 양육하는 것, 다시 말해 최선의 모습으로 가르치고 인도하고 이끌 수 있도록 우리 자신도 잘 먹이고 돌봐야 한다.

문제 행동, 도와달라는 외침일 수도 있어요

'표현'이라는 단어를 정의하는 방법은 여러 가지가 있지만, 여기서는 '누군가의 생각, 느낌 또는 감정이 겉으로 나타나는 양상 그리고 그 부산물, 근원적인 내면의 상태가 외적으로 드러나는 것'으로 정의하려 한다. 이 정의는 모든 종에 적용된다.

개들은 항상 가장 자연스러운 균형을 되찾고 그 상태로 있으려고 노력한다. 만약 반려인이 그들의 이런 욕구를 채워줄 수단을 제공하지 못하면, 개들은 스스로 해결책을 찾으려 할 것이다. 그러면 대개 억눌리고, 좌절되고, 불안한 에너지를 내뿜으며, 지루함을 끝내기 위해 현재의 한계 내에서 욕구를 채우기 위한 시도로 이어진다. 그리고 개의 입장에서 그다지 좋지 않은 선택을 하게 된다.

대부분의 반려인이 성가시고 짜증나고 부담스럽다고 여기는 반려견의 행동은 사실 도움을 요청하는 외침이다. 과도한 땅파기, 낑낑거림, 짖어대기, 날뛰기, 물어뜯기, 공격성 표출 등은 전부 도와달라는 간절한 외침이다.

반려견의 모든 행동은 뭔가를 표현하는 방식이다. 대체로 그들의 욕구 중 하나 이상이 충족되지 않고 있으며, 그로 인해 자신들이 스트레스, 혼란, 좌절, 불안 등을 느끼고 있음을 전하려는 것이다. 행동은 개들이 유일하게 할 수 있고 할 줄 아는 전달 방법이기 때문이다.

문제는 이러한 메시지들이 잘못 전달되거나, 곡해되거나, 아예 전달되지 못한다는 것이다. '문제 행동' 때문에 비난받고, 약물을 투여받고, 부당한 평가와 함께 꼬리표가 붙여지고 고립되다가 결국 파양이나 안락사를 당하는 건 누구일까? 바로 개들이다.

사람들도 다르지 않다. 우리 중 대부분이 느낌, 생각 그리고 감정을 억누르면 어떤 일이 일어나는지 목격하거나 스스로 경험한 적이 있을 거라고 나는 확신한다. 표출되거나 해소되지 못한 생각이나 감정은 시간이 지남에 따라 쌓이고, 뒤섞여, 더 심해지고 악화된다. 결국 나쁜 습관이나 건강하지 못한 대응 기제, 감각을 마비시키거나 억누르는 방법에 의존하게 된다.

개들이 자신을 표현하고 에너지를 발산하도록 돕는 건설적인 방법이 몇 가지 있다.

- 그들의 유전적 본성에 맞는 활동을 찾자. 품종견이든 믹스견이든 원래 어떤 일을 하도록 길러졌는지 알아보고, 그에 맞는 에너지 배출 수단을 제공하자(예를 들어 당신의 반려견에게 가축몰이 본능이 있다면, 양 농장으로

데려가 본능을 발휘해볼 수 있게 하자).

- 탁 트인 공간에서 공놀이를 하거나 뒤뜰에서 가족들과 함께 '숨바꼭질'을 하자.
- 함께 달리러 나갈 때 당신의 열쇠나 전화기, 물병 등이 든 배낭을 짊어지게 하자.
- 깨끗한 물웅덩이로 데려가 헤엄치게 하자.
- 어질리티 코스Agility course(반려인과 함께 뛰면서 각종 장애물을 빠르게 뛰어넘고 통과하는 반려견 스포츠—옮긴이)를 달리게 해보자. 집에서도 언제든 비슷한 간이 코스를 만들 수 있다.
- 등산을 가거나 새로운 재주를 가르치는 등 많은 방법이 있다.

억누르면 쌓이고 악화된다. 반면 표현하면 해방되고 자유로워진다. 그러니 억누르지 말고 표현하자.

대부분의 반려인이 성가시고 짜증나고 부담스럽다고 여기는
반려견의 행동은 사실 도움을 요청하는 외침이다.

넘어졌다 다시 일어나는 그 순간

공을 향해 뛰어올랐다가 닿지도 못한 채 놓쳐버리고, 매우 우스꽝스럽게 굴러 떨어졌지만 곧바로 일어나 다시 달려드는 개를 본 적이 있는가? 여기에는 정말 큰 교훈이 있다!

우리는 정말이지 자신에게 너무 엄격하다. 그 순간에 무언가 자신에게 중요하다고 생각하면 위험을 감수하고 도전하고 시도한다. 그런 다음 목표를 놓치거나, 의도한 대로 되지 않거나, 거절당하거나, 아주 뛰어난 성과를 내지 못하면, 오로지 그 결과만으로 자신을 판단한다. 수치심과 죄책감의 소용돌이에 빠져든 우리는 앞으로의 시도들을 보류하고 모험심과 열정도 밀어둔다. 좀더 안전한 게임을 하려고 한다. 안전지대를 만들고 그 안에 머문다. 선과 경계를 그어놓고 그것을 넘어서는 모험을 하지 않는다. 왜냐고? 그렇게 해야만 앞서 경험한 고통과 불편함을 피하고, 수치심이라는 몽둥이로 또다시 두들겨 맞는 일을 피할 수 있기 때문이다.

우리가 계속해서 사회와 문화 그리고 가족이나 주변 사람들의 기준과 기대에 따라 우리의 가치와 의미를 측정하려고 하면 결국 모든 외부 환경과 조언, 의견이 우리의 기반을 흔들어 우리가 놀라운 존재로 성장해 나가는 데 방해가 될 것이다.

자신을 사랑하고 가치를 인정하며, 수용하고, 존중하고, 신뢰하는 것. 이것이 우리가 건강한 자아 개념이라는 토대 위에 조심스럽고 신중하게 공들여 만들어야 하는 자질들이다. 있는 그대로의 자기 자신을 믿고 평화롭게 받아들일 때, 긁히고 데인 상처와 흉터는 명예와 자부심을 느끼게 하는 훈장이 된다. 그것은 용기가 남긴 유산, 우리를 부수려 했던 어떤 힘보다 우리가 더 강했다는 증거, 그리고 우리가 스스로를 믿고 굴복하지 않았다는 뜻이다. 자아 개념이 건강할수록 우리는 우리에게 의존하는 모든 존재와 우리 자신에게 더 좋은 모습을 보일 수 있다.

반려견에게서 배우자. 비틀거리고 넘어져도 일어나 먼지를 털고 계속 나아가자. 가장 큰 교훈은 다시 일어나는 그 과정 안에 있으니!

비틀거리고 넘어져도 일어나 먼지를 털고 계속 나아가자.
가장 큰 교훈은 다시 일어나는 그 과정 안에 있으니!

다른 개가 되라고 강요하지 말자

우리 모두 태어날 때는 순수하고 개방적이며 의심할 줄 모르지만, 그 상태에 머무르지 않는다. 우리는 사회의 산물이 된다. 가족과 그들의 신념, 문화와 미디어, 주변 친구나 학교 선생님들에 의해 영향을 받고, 만들어지고, 때로는 세뇌당하기도 한다. 환상에서 깨어나고, 길들여진다. 그리고 두려움을 배운다. 실망과 고통, 부정적인 감정이 마음속에 스며들고, 자신에 대한 회의를 느낀다. 곧 자신이 어떤 사람인지 혼란스러워지는 지점에 이른다. 왜냐하면 자신이 아닌 다른 누군가가 되도록 훈련받았기 때문이다. 그 누군가는 내면 깊은 곳에 있는 우리 자신과 완전히 충돌한다. 이 둘을 구별하고 우리는 모두 특별한 재능을 가지고 태어난다는 사실을 기억하는 것은 삶의 여정에서 가장 중요한 부분이다. 문제는 우리가 살아가는 세상은 우리가 어떤 모습이 되어야 한다고 여기고 그 모습에 우리를 끼워 맞추려고 부단히 애쓴다는 것이다. 그리고 우리는 그것을 반려견에게 똑같이 되풀이한다.

우리는 개가 수줍음을 많이 타거나 사회성이 부족하면 일단 뭔가 잘못되었다고 여긴다. 그 모습이 우리가 바람직하다고 생각하는 개의 모습과 일치하지 않기 때문이다. 하지만 그것은 인간의 잣대를 개에게 들이대는 행위이다. **반려견들을 있는 그대로 존중하고 가르치고 인도하며 책임지고 옹호하는 것이 우리의 일이고 의무이다.**

외부 영향을 받기 쉬운 어린 강아지 시절에 사회성을 습득하면 좋다. 우리는 개들의 사회성에 관해 이런 환상을 품고 있다. 라일락이 만발한 풀밭 위에서 장난을 치고, 까불거리며 공원을 뛰어다니고, 영화 속 한 장면처럼 별이 총총한 밤하늘 아래에서 다정하게 스파게티를 나누어 먹는 개들의 모습.

사실 **사회성은 다른 존재와 공간을 공유할 때 피해를 주지 않는 능력일 뿐이다.** 그게 전부다. 무례하고 버릇없고 거친 행동을 하지 않고 강압적이지 않은 태도로 공간을 공유하는 것.

내향적인 개도 있고 외향적인 개도 있다. 뭔가를 배우고 받아들이는 속도가 느린 개도 있고, 빠른 개도 있다. 살갑게 구는 개도 있고, 과묵한 개도 있다. 반려견이 이 범주 중 어디에 속하든 우리는 그것을 존중해야 한다.

훈련을 일관성을 있게 반복적으로 진행하는 것이 중요하다. 믿음과 인내를 가지고 반려견들이 두려움과 불안을 극복하도록 도와주자. 반려견의 몸짓과 얼굴 표정, 기운 등을 통해 그들이 하려는 말이 무엇인지 주의 깊게 살펴보고 알아차리자. 우리가 별것 아니라고 생각하는 한 걸음(예를 들어 겁 많은 개가 계단에서 내딛는 한 걸음)이 그 발을 내디뎌야 하는 당사자인 개에게는 엄청나게 큰 한 걸음일 수도 있다. 이것을 명심해야 한다.

우리는 각자 자신이 알고 있는 최선의 방법으로 삶을 살아가기 위해 애쓰고 있으며, 지금의 모습 그대로 이해받고 받아들여지기를 원한다. 그러니 누구에게든 우리가 옳다고 생각하는 모습을 강요하는 것이 아니라, 있는 그대로 존중하고 지지하는 것이 중요하다.

사회성은 다른 존재와 공간을 공유할 때
피해를 주지 않는 능력일 뿐이다.

그게 전부다. 무례하고 버릇없고 거친 행동을 하지 않고
강압적이지 않은 태도로 공간을 공유하는 것.

도전은 성장의 발판이다

걸음마를 배울 때 아기는 먼저 배밀이를 하고, 그런 다음 기어다니다가 일어서고, 마침내 걷는다. 뒤이어 달리고, 점프하고, 높이 뛰고, 뛰어넘고, 공중제비를 돌고, 옆으로 재주넘기까지 한다.

말을 배울 때도 먼저 옹알이를 하고, 그런 다음 '아아, 우우' 하며 모음을 발음한다. 그런 다음 단어를 말하고, 단어들을 조합하여 마침내 완전한 문장으로 말한다. 셈을 배울 때도 먼저 1+1, 2+2, 3+3을 배우고, 그런 다음 빼기, 곱하기를 배우고, 마침내 나누기까지 배운다.

우리는 피아노, 기타, 드럼이나 하모니카 같은 악기들을 연주하는 법을 배운다. 자신이 어떤 사람인지, 무엇에 본능적으로 끌리는지 자유롭게 탐색한다. 타고난 재능, 즉 노래 부르기, 그림 그리기, 춤추기 등 우리를 기쁘게 하는 것들을 연습하며 가다듬는다.

창조적인 일이든, 운동이나 과학과 관련된 일이든, 아니면 일상생활에서 어쩔 수 없이 해야 하는 일이든, 발전하고 성장하고 향상되기 위해서는 먼저 작은 단계들을 밟아야 한다. 훈련을 통해 앞으로 나아가는 것이다. 점점 더 나아지고 발전을 거듭하며 성장한다.

개들도 느낀다. 그들도 지능과 두뇌, 그리고 목적이 있다. 우리만큼이나 그것들을 사용하고 능력을 발휘하길 간절히 원한다. 문제는 개들은 비바람을 막아줄 지붕과 잠을 잘 수 있는 공간, 음식 그리고 마당 정도만 있으면 욕구를 채우기에 충분하다고 믿는 사람들이 많다는 것이다. 이는 그 사람들이 크게 잘못 생각하고 있는 것이며, 개들은 언제나 행동을 통해 그들을 일깨우려 할 것이다.

도전은 성장의 발판이 된다. 가장 쉽고 편한 길을 선택하는 것으로는 영원히 성장하지 못한다. 두뇌를 자극하고, 지능을 자극하고, 정신을 자극하고, 신체를 자극하자. 그러면 성장하고, 강해지고, 발전할 것이다. 종에 상관없이.

크기가 다는 아니다

몸집이 작은 개나 고양이가 무리의 우두머리인 경우가 꽤 있다. 나역시 그런 경우를 여러 번 보았고, 나의 반려견들 중에서도 치와와와미니어처 핀셔의 믹스견인 조그만 토드라는 아이가 대장 노릇을 한다. 크기가 아니라 에너지, 자신감, 공간 장악력, 의사소통의 명확성이중요한 것이다.

냄새와 에너지로 가늠하고 판단하는 것이 개들의 본능임에도 이에서투른 개들은 시각에 더 의존하게 되어 다른 개들을 먼저 눈으로판단하는 경향이 있다. 개들의 본능적 욕구를 채워주지 않고 매사에사람처럼 대하며 마치 아기인 양 데리고 다니고, '헬리콥터 부모'처럼돌보면 그런 경향을 부추기게 된다. 목줄을 팽팽하게 당긴 채 산책하고, 사회적 에티켓을 가르치지 않고, 목줄이 없는 상태가 자연스럽다고 착각해 그런 상태로 누군가와 만나게 한다면, 그 의존은 더욱 강화된다.

우리가 원점으로 돌아갈 때, 개들은 개다움dog-ness, 즉 그들의 자연스러운 존재 방식으로 돌아가 균형을 되찾는다. 말하자면 '강아지 유치원'으로 돌아가는 것'이다. 평온을 찾고 안정될 수 있도록 개의 본능적 욕구를 채워주는 법을 배우고 충족해주기 위해 노력하자. 가르치고, 인도하고, 지시를 내리자. 그들이 가장 주요한 감각인 후각을 가장 먼저 사용할 수 있도록 도와주자. 세상이 개들에게 요구해온 모습 이면에 있는 본연의 모습으로 돌아갈 수 있도록.

중요한 건 개의 크기가 아니다. 크기가 성격을 말해주는 것도 결코 아니다. 치와와와 미니핀이 섞인 우리 집 대장 토드를 보면 알 수 있다. 녀석은 작지만 강하다. 자신만의 공간을 확보할 줄 안다. 매우 명확한 경계를 가지고 있으며, 항상 매너 있는 태도로 소통하고, 다른 개가 허튼 장난을 치거나 불안정한 짓을 해도 그것을 기분 나쁘게 받아들이지 않는다. 토드를 만나는 모든 개는 자신이 가진 이야기와 상관없이 녀석을 전적으로 존중한다.

내가 키우는 또 다른 개 레비(일명 '자이언트 베이비')는 완전히 딴판이다. 녀석은 몸무게가 45kg이나 되고, 크고 네모진 머리를 가지고 있다. 사람들은 종종 녀석의 겉모습만 보고 부당한 추측을 하며, 우리가 돌아다니는 모습을 보면 많은 경우 길을 건너 피해 가려 한다. 심지어 먼저 가라는 요청을 받은 적도 있다. 그들은 잘 몰랐던 것이다. 녀석이 덩치만 컸지 수줍음 많고 순해빠졌다는 것을.

크기는 중요하지 않다. 성격과 행동이 중요하다. 크기와 겉모습이 성격이나 행동을 나타내거나 결정하지 않으며, 이 사실은 변하지 않을 것이다.

행동은 단순하지 않다.

행동은 학습과 길들이기의 연장이자 부산물이며, 항상 근본 원인이 숨어 있다. 개의 문제 행동은 다양한 모습으로 나타나지만 대부분 우리 인간이 무의식적으로 길들인 결과이다. 혼란스럽고 비효율적인 의사소통, 채워주지 못한 욕구, 우리가 다루거나 다루지 않은 행동들, 의식하지 못하는 사이에 강화해온 행동들의 결과물이다.

우리 인간의 행동은 신념과 학습의 결과다. 우리 내면의 직감은 우리의 본질과 조화를 이룰 때 무엇이 옳고 그른지를 알려줄 것이다. 나는 우리가 이 내면의 조언을 무시한다 해도 결국 우리가 있어야 할 곳에 정확히 다다를 거라고 믿지만, 그 선택이 궁극적으로 우리가 가는 길의 성격을 결정할 것이다.

잠깐의 흥미 유발보다 중요한 것

'추격전의 스릴'을 실제로 많은 사람이 즐긴다. 목표물을 정한 뒤 그 것을 획득할 때까지 전력투구한다. 이것은 포식자가 먹잇감을 대할 때 전형적으로 일어나는 행동이다. 인간은 최상위 포식자가 아님에도 포 식자처럼 행동한다. 지구와 거기서 살아가는 인간 외의 존재들이 종 말에 이를 정도로.

얻기 쉽고, 쾌감을 주거나 도전 정신을 불러일으키지 않는 멋잇감 은 별 가치도, 재미도 없다. 고양이 한 마리가 자신의 영역이라고 주 장하면서 가만히 서 있고 개 한 마리가 그 주위를 돌며 춤을 출 때 는 추격 본능이 발동되지 않는다. 위대한 비비킹의 옛날 노래 제목 〈The thrill is gone〉처럼 스릴이 없기 때문이다.

개들은 주위의 움직임을 매우 민감하게 감지한다. 특히 사냥감을 쫓는 충동이 다소 높은 개들은 아주 작은 움직임만 감지해도 자극 을 받아 추격 본능이 발동하고, 곧장 추격에 나선다. 일부 개들은 '먹잇감'이 뛰거나 움직이기를 멈추면 흥미를 잃기도 한다. '죽은 척'하는 행동으로 잘 알려진 주머니쥐가 개의 공격에도 자주 살아남는 것이 대표적인 예다. 이때 그들의 심장 박동이 느려지고 호흡은 훨씬 더 얕아지지만, 위험이 사라지면 그들은 다시 '깨어난다'.

인간과 개 모두가 추격전의 스릴을 느끼며, 추격 본능은 우리 모두의 DNA에 각인되어 있다. 다만 그 정도에 차이가 있을 뿐이다. 추격본능이 발동하면 아드레날린이 솟구치고, 심장이 두근거리고, 경쟁에서 우위에 섬으로써 자신감이 차오른다. 그리고 이 모든 것이 순수한 희열을 가져다준다.

나는 자신의 개가 '선택적 듣기'를 하거나 아니면 자기를 완전히 무시한다고 주장하는 의뢰인들을 종종 만난다. 하지만 나는 개들이 그렇게 행동하는 이유가 존중의 요소가 결여됐기 때문이라고 본다. 물론 우리가 반려견의 이름을 크게 부르고 손뼉을 친 후 돌아서서 도망가면 그들의 주의를 끌 수 있다. 추격 본능을 자극하기 때문이다. 하지만 어떤 상황이나 환경에서도 개가 우리를 유일하고 특별한 존재로 여기게 하는 방법은 유대감과 관계 형성, 신뢰와 존중 쌓기만한 것이 없다.

어떤 상황이나 환경에서도 개가
우리를 유일하고 특별한 존재로 여기게 하는 방법은
유대감과 관계 형성, 신뢰와 존중 쌓기만한 것이 없다.

즐거운 산책을 위한 몇 가지 가이드

내가 반려견 문제 행동에 관한 상담을 진행할 때 가장 자주 듣는 불만 사항은 반려견이 목줄을 지나치게 끌어당긴다는 말이다. 이런 상황은 개가 목줄에 민감하게 반응한다든가, 반려인이 마구 휘둘린다든가, 온갖 통제 불능의 난관으로 이어진다.

개들이 목줄을 끌어당기는 이유는 대개 다음과 같다.

- 그들의 DNA에 이리저리 돌아다니는 습성이 각인되어 있어서다(들개는 하루에 최대 110킬로미터 정도를 돌아다닐 수 있다).
- 태생적으로 우리보다 걷는 속도가 빠르기 때문이다.
- 공기가 탁한 실내에서 벗어나 신선한 공기를 마실 수 있는 야외로 나왔다는 사실에 흥분해 이것저것 탐험하고 싶은 욕구가 간절해서
- 다른 개나 인간에게 다가가고 싶어서

- 오감을 자극하는 다양한 냄새, 광경, 소리를 음미하려고
- 다른 개들이 남기고 간 '소변 편지'(말하자면 개들의 일간지)를 통해 정보를 수집하고 읽기 위해
- 산책줄 자체가 당길 수밖에 없도록 만들어졌기 때문이다(꽤 자주 쓰이는 가슴줄 중에도 이런 것들이 있다).
- 평소 에너지를 충분히 소진할 기회가 없어 엄청난 양의 에너지가 억눌려 있어서
- 목줄을 바짝 당긴 채 앞장서서 매우 흥분한 상태로 산책하는 것에 보상을 받은 적이 있어서
- 반려인이 자꾸 목줄을 뒤로 잡아당겨서
- 자신이 목줄을 당기면 앞으로 나아가 원하는 곳으로 갈 수 있는 보상이 따른다는 것을 알아서

당신은 반려견을 산책시키는 사람을 본 적이 있는가? 그때 혹시 반려견이 사람을 산책시키고 있지는 않던가? 나는 이런 모습들을 자주 목격한다.

- 개가 인간보다 앞서 나아가며 산책을 완전히 통제하고, 지휘하는 모습
- 자동 리드줄(반려견의 움직임에 따라 길이가 자동으로 조절되는 목줄—옮긴이)을 맨 개. 사실 산책할 때 이 줄은 절대 사용해선 안 된다.
- 사람이 개에 끌려다니는 모습

- 너무 팽팽한 목줄

- 팔을 'L'자 모양으로 구부린 채 목줄을 있는 힘껏 부여잡고 있는 사람

그렇다면 목줄을 끌어당기는 개의 행동을 어떻게 교정해야 할까? 개의 행동과 훈련에 관한 다른 모든 것들과 마찬가지로 인간을 먼저 교정해야 한다.

개는 목줄을 매고 걷는 법이나 용납되는 행동과 그렇지 않은 행동이 무엇인지 아는 상태로 태어나지 않는다. 우리가 원하는 것을 가르치고 그렇게 하도록 이끌어야 하며, 우리가 원치 않는 것은 하지 못하게 바로잡아야 한다. 아주 간단하다. 목줄을 끌어당기는 행동은 초기에 싹을 잘라내지 못하면, 계속 이어지고, 강화되고, 심지어 다른 나쁜 행동으로 번져나갈지도 모른다. 여기 몇 가지 해결 방법이 있다.

- 두개골 바로 아래 목 상단에 목줄을 채우자. 그러면 개의 머리 부분을 더 잘 이끌고 제어하는 데 도움이 되며, 목줄이 당겨질 때 목의 중간 부분이 조여 질식할 위험이 사라진다.

- 집을 나서기 전에 올바른 산책에 맞는 분위기를 조성하자. 밖으로 나가는 것으로 보상을 주기 전에, 개가 차분한 상태인지 확인하자. 만약 당신의 반려견이 '산책 준비'를 하는 동안 흥분하는 편이라면 단계적으로 접근해야 한다. 이를 위해선 어느 정도 시간이 들겠지만, 훈련을 거듭 할수록 반려견

이 받아들이고 이해하는 데 걸리는 시간이 줄어들 것이다.

산책을 나가기 전부터 흥분하는 개를 다루는 단계별 가이드

1단계: 목줄이 있는 곳으로 다가간다. 반려견이 차분해질 때까지 인내심을 갖고 기다린다(주의: 시간이 좀 걸릴 수 있다). 이때 개들의 신체 언어를 관찰하자. 눈을 편안하게 뜨고 있는가? 귀가 아래로 늘어져 있는가? 꼬리가 차분하게 내려가 있는가? 당신의 반려견이 '차분한' 상태인지 아닌지 보고 느낄 수 있을 것이다. 앉아 있다고 해서 반드시 차분한 상태는 아니다.

2단계: 목줄을 잡는다. 다시 말하지만, 반려견이 진정할 때까지 끈기 있게 기다린다.

3단계: 반려견에게 목줄을 채운다. 기다린다. 호흡한다.

4단계: 반려견을 옆에 둔 상태로 현관문으로 다가간다. 개에게 "앉아"라고 지시한다.

5단계: 현관문을 연다. 개가 일어서면 문을 닫고 다시 앉게 한다. 기다린다.

6단계 : 침착하게 문을 열고 반려견과 함께 바깥으로 나가 모험을 즐긴다. 이 모든 단계를 '별일 아닌 당연한 과정'으로 만든다. 쓸데없는 말을 하지 않고 침착하게, 서두르지 않으면 된다. 공을 들이는 만큼 보답이 있게 마련이다. 한동안 특정한 행동과 마음 상태를 지속해왔다면, 그것에서 벗어나 새로운 것을 받아들이는 데도 어느 정도의 시간이 걸릴 것이다.

늘 그렇듯 우리가 어떻게 느끼고 있는지를 민감하게 알아차려야 한다. 즉 우리의 마음 상태와 에너지, 목소리와 어조(안정적이고 단호한가, 아니면 아주 높고 들떠 있어서 더 많은 흥분을 불러일으키는가?) 그리고 신체 언어가 어떠한지 말이다. 긴장은 긴장을 낳고, 차분함은 차분함을 낳는다. 우리가 하는 모든 행동이 반려견과 나누는 대화이다. 따라서 우리는 끊임없이 무언가를 말하고 있는 것과 같다. 만일 우리가 두려워하거나 초조해하거나 좌절하거나 조급하거나 스트레스를 받거나 불안해한다면, 반려견에게도 그런 메시지가 전달되고 있을 것이다. 고개를 당당히 들고, 어깨를 활짝 펴고, 척추를 곧게 세우자. 자신감을 들이마시고 긴장감을 내뱉자.

당신이 원하는 것을 마음속에 그리고 그것에 집중하라. 반려견과 즐겁게 산책하는 모습을 계속해서 그려보자. 만약 두렵거나 불안한 생각이 슬금슬금 올라오기 시작하면, 그 생각을 떨쳐버리고 다시 집중해보자. 난 할 수 있어! 이 말을 주문처럼 되뇌어 보자.

물 흐르듯 앞으로 나아가자. 반려견이 산책 중에 다른 개나 자전거 타는 사람, 조깅하는 사람, 시끄러운 소리를 내는 트럭 또는 다른 무언가를 볼 때마다 자제력을 잃은 적이 있다면 그 반려인들은 대개 걸음을 멈추고 개를 앉힌 다음 그 앞에서 몸을 이리저리 움직여 다가오는 자극 유발 요인을 보지 못하게 막거나 차 뒤에 숨는 식으로 대처하곤 한다. 그런데 이처럼 개를 정지된 상태로 두면 개가 그 요인에 더 집중하고 집착하게 돼 오히려 흥분하는 결과로 이어진다. 계속 움직여라. 반려견과 나란히 앞으로 나아가며 상황을 순조롭게 헤쳐나가도록 이끌자.

목줄은 짧지만 느슨하게 잡고, 팔은 편안하게 늘어뜨린다. 단, 다음의 두 경우에는 목줄을 팽팽히 잡아당겨야 한다. 첫 번째, 목줄을 이용해 가벼운 안내와 지시를 전해야 하는 경우. 두 번째, 자극 유발 요인에 쏠린 개의 관심을 재빨리 전환해야 하는 경우.

꾸준히 훈련하면 반드시 더 나아진다. 당신과 반려견이 한 팀임을 테스트할 기회를 찾아보자. 당황하게 만들거나 긴장을 유발하는 상황들로부터 도망가지 말고, 그것들을 향해 곧장 다가가자. 시련이나 장애물을 직면하지 않으면 통과할 수 없다. 그러니 전에 한 번도 이겨내지 못한 상황들을 도전하고 가르치고 배우고 성장하는 기회로 여기자. 노력하면 결실을 맺을 것이다.

개에게 바라는 그 평온한 모습이 되어보자. 개들은 자신이 처한 상황에 대한 신호와 지침, 지시를 우리에게 기대한다. 그러니 우리는 모든 상황에서 차분하고 자신감 있고 확고한 태도를 유지할 수 있도록 훈련해야 한다. 그렇게 하면 개와 서로 목줄을 끌어당기지 않고도 긴장 없이 매우 즐거운 산책을 할 수 있을 것이다.

'구조'의 진정한 의미는 그 지속성에 있다.

힘든 시기가 온다 해도 포기하지 않아야 한다. 개가 잘못된 선택을 해도

꼬리표를 달고 판단하지 않아야 한다. 개를 구조한다는 것은,

일상에서의 헌신을 뜻하며 개가 잘 살아가도록 평생 가르치고 돕겠다는 의미다.

오늘 하루를 즐겨라!

우리 중 다음 순간을 보장받는 사람은 아무도 없다. 한 시간 뒤든, 하루 뒤든, 일 년 뒤든 알 수 없다. 이 사실은 우리를 우울하게 만들 수도 있고, 아니면 우리에게 동기를 부여할 수도 있다. 우리는 어떻게 받아들일지 뿐 아니라, 어떻게 매 순간을 즐기며 최대한 활용할 것인지도 선택해야 한다.

개들은 본능에 따라 온전히 현재를 살아간다. 그들은 어제나 지난주에 일어났던 일이나 앞으로 일어날 수 있는 일에 대해 지나치게 생각하거나 곱씹지 않는다. 매 순간을 경험하고, 받아들이고, 즐기며 온전히 살아간다. 삶을 살아가는 것에 대해 생각하는 대신, 그냥 삶을 살아간다. 어떤 연상聯想이 만들어진 후 같은 상황에 직면했을 때 기억이 날 수는 있겠지만, 개들은 그 안에 살거나 머무르지는 않는다.

반면 사람들은 그 정반대에 가깝다. 우리는 생각을 너무 많이 한다. 어제, 지난주, 심지어 10년 전에 일어난 일을 떨쳐버리지 못하고,

'만약'이라는 나라에서 '무슨 일'이 일어날지 모르는 미래를 걱정하며 스트레스와 두려움, 불안을 느끼며 살아간다.

매일같이 기적이 일어나고 기회가 주어지지만, 우리들 대부분은 자신에게 부족하고 결핍된 것에 너무 집중한 나머지 많은 것을 놓쳐버리곤 한다. 희망도 신념도 없이 결핍과 부족에 대한 생각 안에 스스로를 감금한 채, 그 안에서 허우적대며 살아간다. 그러나 이 모든 것은 우리가 만들어낸 환상이다.

우리가 추측하고, 계획하고, 저울질하고, 지나치게 생각만 하며 너무 많은 시간을 보낸다면, 기적과 기회는 우리를 스쳐 지나가버릴 것이다.

개는 겸손하고 다정하게 "현재를 즐겨요!"라고 말한다. 머릿속에서 '계산'하는 시간이 줄어들고 '행동하고 느끼는' 시간이 늘어날수록 우리는 더 많은 삶을 경험하고 더 큰 즐거움을 얻게 된다. 더 큰 성취감을 느끼고, 성과에 대한 두려움 없이 기회를 잡았다는 사실에 더 많이 감사하게 된다.

우리는 경험을 통해 관점을 넓히고, 용기를 얻고, 자신감을 키운다. 그러니 인생을 계획하는 데 너무 많은 시간을 낭비하지 말자. 그저 경험하자!

개들은 매 순간을 경험하고,
받아들이고, 즐기며 온전히 살아간다.
삶을 살아가는 것에 대해 생각하는 대신,
그냥 삶을 살아간다.

당신의 개가 당신을 바라보듯이

개들은 사랑과 존경 그리고 이해심이 가득 담긴 눈으로 우리를 바라본다. 우리가 스스로를 그런 눈으로 바라볼 수만 있다면 얼마나 좋을까.

우리가 맺는 가장 중요한 관계 중 하나는 자기 자신과의 관계다. 왜냐하면 이 관계가 우리가 맺는 다른 모든 관계에 강력한 영향을 미치기 때문이다. 그렇다. 우리가 사랑하는 반려견과의 관계에도 영향을 준다.

자기 자신에 대한 우리의 신념과 인식은 복잡하게 얽혀 있어 서로 매우 큰 영향을 미치며, 우리가 거울을 볼 때 어떻게 느끼고 무엇을 보는지와도 깊은 관련이 있다.

만약 우리가 스스로 가치가 없고, 충분하지 않고, 사랑스럽지도 않은 사람이라고 여긴다면, 우리가 내리는 선택과 함께하는 사람, 맞닥뜨리는 상황들 역시 그렇게 될 것이다.

우리의 자아 개념은 자신에 대한 믿음, 존중, 사랑, 수용, 자부심, 가치가 섬세하게 혼합되어 만들어진다. 우리가 내리는 선택은 이 자아 개념을 백 퍼센트 반영한다. 우리가 먹는 음식, 우리를 둘러싼 관계, 우리 자신에 대한 보살핌, 다른 사람들을 대하고 소통하는 방식, 스스로를 드러내는 법, 세상에 어떻게 기여하고 무엇을 제공하는지 등 모든 선택이 그러하다.

우리의 신념과 자아 개념이 어떤 상태인지 알 수 있는 몇 가지 방법이 있다. 다른 사람들이 자신을 어떻게 대하도록 두는지, 대화할 때 자신을 어떤 단어로 표현하는지, 일반적인 관점, 평소에 하는 생각, 느끼는 감정 등을 살펴보면 된다. 이를 위해선 자기 자신을 더 깊이 알아차리고 관심의 방향을 내면으로 돌려야 한다. 다른 사람들과 상호작용할 때 내면의 어떤 부분이 자극을 받는지 알아차려야 한다. 다른 사람들이 말하는 내용이나 방식은 중요하지 않다. 전부 우리 내면에서 어떤 반응이 일어나느냐와 관련이 있다.

우리가 무엇을 가지고 있는지, 누구와 친분이 있는지, 얼마나 돈을 많이 모았는지, 어떤 자동차를 운전하는지, 수영복 차림새가 어떤지, 애인이 얼마나 화끈한지, 소셜 미디어에서의 모습이 어떤지, 어떤 브랜드의 옷을 입는지, 혹은 얼마나 인기 있는지가 중요한 것이 아니다. 우리의 성품과 진실성, 관대함과 친절한 마음이 중요하다.

우리의 몸은 인생을 여행할 수 있도록 주어진 멋진 도구이자 수단이다. 우리는 저마다 위대한 목적을 가지고 태어났다. 타고난 재능과 재주를 자기만 할 수 있는 방식으로 세상에 전달하기 위해 여기에 있는 것이다.

자기 자신과의 관계가 더 깊이 발달하면 더 이상 인맥, 직함, 자동차나 물건 같은 외적인 것에 의지해 공허함을 채우려고 하지 않게 된다. 그리고 이전과 다른 부류의 사람들과 어울리기 시작한다. 우리 자신과 바깥 세계의 관계는 아름답게 조화를 이루지만, 세상과 주고 받는 교류가 만족스러우려면 우리는 스스로에게 그럴만한 가치가 있다는 것을 전적으로 믿어야 한다.

삶에서 우리가 도전해야 할 과제는 에고를 넘어, 위장되고 길들여진 것들을 넘어, 영혼을 꿰뚫어 보는 것이다. 우리가 자신을 있는 모습 그대로, '완벽하게 불완전'하지만 기적처럼 강력한 존재로서 사랑하고 받아들이는 법을 배울 때, 이루 말할 수 없는 아름다움이 드러난다. 자기 자신과의 관계가 더 탄탄해지고, 새롭게 정의된다. 이렇게 되면, 다른 존재와의 관계, 이 위대한 세상을 대하는 우리의 모습도 새로워진다. **바깥의 변화를 보려면 먼저 내면의 변화에 초점을 맞춰야 한다.**

개들이 주는 가장 중요한 교훈 중 하나는 우리도 개들이 우리를 바라보는 것처럼 우리 자신을 바라보는 법을 배워야 한다는 것이다. 있는 그대로 훌륭하고 놀랍고 아름다운 존재인 우리를.

어떤 시간을 보내는지가 중요하다

양과 질은 다르다.

나는 개를 키우는 일이 아이를 키우는 일과 매우 비슷하다고 생각한다. 우리의 정서와 정신·육체 건강이 중요한 만큼, 우리의 돌봄이 보람찰 수 있도록 최선을 다해야 한다. 누군가를 돌보게 되면 첫날부터 시간과 돈과 에너지를 들이고, 노력도 기울여야 한다.

불안하고 위태로울 정도로 반려견을 지나치게 사랑하는 사람들이 많다. 애정, 더한 애정, 끝없는 애정을 쏟아 부으면서 말이다. 그 사랑엔 균형이 없다. 우리는 개의 친구가 아니라 부모가 되어야 한다. 아이들과 마찬가지로, 개들도 자신의 욕구를 채우기 위해 우리에게 의존한다. 아이와 개는 분명 다르지만, 그들의 욕구 사이에는 엄청난 유사성이 있다.

보호자로서 우리는 체계, 규율, 규칙, 경계와 한계, 사회화, 운동, 청결과 적절한 영양 섭취, 올바른 안내와 지도, 정신적 자극을 제공해야 한다. 이 욕구들을 채워줌으로써 모든 견고한 관계의 기초인 신뢰와 존중이 형성되고, 신체적·정신적·정서적 균형이 유지된다. 이것이야말로 우리의 사랑을 가장 잘 보여주는 방법이다.

반려견의 삶의 질은 우리가 내리는 선택에 전적으로 달려 있다. 그런데 우리는 그들에게 백신을 과도하게 접종하고(마지막 예방 접종 후 항체 검사를 통해 항체가 제대로 형성되었는지 확인하면 백신 과다 접종을 피할 수 있다), 영양실조와 염증, 수많은 질병을 일으키는 인간들의 가공식품처럼 수없이 가공 처리해 효소가 결핍된 가짜 식품을 먹이고, 독성이 강한 화학물질에 노출시키고(곤충이 닿으면 죽을 정도로), 정신적 자극을 주지 않고, 매일 운동으로 에너지를 배출하게 해주는 것도 게을리하며, 유대 관계를 쌓거나 강화하는 활동을 시키지 않고, 온전한 관심을 주지도 않는다. 이렇게 우리는 개가 누려야 할 양질의 삶을 빼앗고 있다. 그러나 감히 말하건대 개의 삶의 질이 나빠지면 우리 삶의 질도 나빠진다. 우리가 반려견과 만들어나갈 수 있는 관계는 다른 어떤 관계와도 비교할 수 없을 만큼 특별하기 때문이다.

시간은 우리 모두에게 주어진 선물이다. 이 선물을 어떻게 사용할지는 전적으로 우리에게 달려 있다. 그리고 우리가 내리는 선택은 반려견의 삶의 질을 결정한다. 그러니 연구하고, 탐색하고, 적극적으로 관계를 맺으며 삶의 질을 높이고, 그것을 누리게 하자.

복종 훈련만으로는 행동 문제를 해결하지 못한다

나는 문제가 있는 개들을 도와달라는 요청을 종종 받는다. 목줄을 매면 흥분하고, 끊임없이 짖어대고, 손님들에게 뛰어들고, 입질을 하고, 불러도 오지 않고, 가구를 물어뜯고, 잠자리를 무너뜨리고, 심각한 분리 불안이 있으며, 공격적으로 행동한다는 등의 사연 끝에는 그러니 '복종 훈련'을 원한다는 이야기가 따라붙는다.

그러나 복종 훈련은 행동 문제를 해결해주지 못한다.

'앉아', '엎드려', '기다려' 훈련을 아무리 많이 해도 나쁜 태도나 습관을 고치거나 해결할 수 없으며, 무례하거나 부적절하거나 버릇없는 행동을 고칠 수도 없다.

중요한 건 마음 상태다. 지나치게 흥분한(그것이 '좋은' 방식이든 좋지 않은 방식이든) 개에게 '앉아'라고 지시하면 앉을 테지만, 꼬리의 움직임, 눈, 얼굴 표정, 헐떡이는 속도 등 신체 언어를 살펴보아야 한다. 개가 앉아 있다고 해서 반드시 차분한 상태임을 의미하지는 않는다.

개의 행동을 바로잡았다고 해서 우리가 개의 마음 상태까지 이해하고 문제를 해결했다는 의미는 아니다. 복종 훈련은 개의 두뇌를 쓰게 하는 것이고, 마음 훈련은 마음 상태를 차분하게 만들고 길들이는 것이다.

우리가 행동을 다룰 때는 그 행동의 원인을 파악하기 위해 노력해야 한다. 적절하고 매너 있는 행동이 무엇인지 그리고 건전하고 좋은 선택이 무엇인지 반려견이 이해할 수 있도록 도와야 한다. 또한 개의 마음과 정서가 어떠한지를 연구해야 한다. 복종 훈련은 뇌를 훈련하는 일인 반면, 마음 훈련은 심리와 정서에 작용하는 훈련이다. 둘 다 유익한 훈련이며 서로 협력관계지만, 행동을 직접적으로 다루는 것은 하나뿐이다.

이것은 교사와 심리치료사의 차이와 비슷하다. 수학 공식과 철자법을 가르치는 교사와 마음에 대한 더 깊은 이해, 명확함, 균형 잡힌 평화로의 회귀를 돕는 심리치료사. 아이의 행동에 문제가 생겼다면 우리는 누구에게 아이를 보내려 할까? 심리치료사에게 보내지 않을까?

문제 행동은 건강 문제나 의학적 원인 때문에 발생하기도 하지만, 개의 본능적 욕구를 반려인이 충족해주지 못할 때 주로 일어난다. 앞서 말했듯 우리 인간들도 욕구가 충족되지 못하면 화를 내거나 도움을 청하거나 무감각해지거나 회피하며, '대응 기제'를 만들거나 그 욕구를 스스로 채우기 위해 최선을 다하지 않는가. 개들도 마찬가지다. 욕구가 충족되지 않으면 수많은 불안정하고 신경증적인 마음 상태가 문제 행동들로 나타난다.

행동은 내면의 간절한 외침, 요구 또는 욕구가 외적으로 표현된 것이다. 이를 효과적으로 다루기 위해서는 더 근본적인 차원에서 접근해 행동 기저의 원인을 알아내기 위해 노력해야 한다. 엉덩이를 바닥에 대고 앉게 하거나 하이파이브를 하게 하는 것, 즉 복종 훈련만 해서는 효과적이지 않다.

'잘 훈련된' 개가 반드시 '착한' 개를 의미하는 것은 아니다. 두뇌를 훈련하는 것과 마음의 상태를 길들이며 행동을 형성하는 것은 전혀 다르다.

책으로 많은 지식을 쌓은 아이가 반드시 정신적, 정서적으로 건강하고 안정된 상태는 아닌 것과 같다.

개들이 자기 자신과 세상을 건강하게 바라보고, 규칙과 경계를 이해하도록 돕는 것은 우리 몫이다. 또한 개들이 함께 지내는 다른 무리, 우리 집 그리고 이 세상 속에서 안전하고 편안할 수 있도록 그들을 적절히 대변하는 것도 우리의 책임이다. 상황에 맞는 결과를 얻기 위해서는 개를 훈련시킬 때 그 차이를 이해하는 것이 매우 중요하다.

훈련 도구를 쓰고 싶을 때

훈련 도구는 꽤나 흥미로운 주제다. 이에 대한 내 견해를 말해보려 한다.

우리는 의도한 결과를 이끌어내기 위해 사용하는 모든 것을 '도구'라고 생각한다. 특별한 기능을 수행하는 모든 장치, 기계, 기구, 설비를 가리키며, 저마다 특정한 방식으로 사용하도록 설계된다. 그래서 부적절하거나 잘못된 방식으로 사용하면 상해를 입거나 의도치 않은 결과를 낳을 수도 있다. 연필, 호치키스, 클리커(개 훈련이나 개와의 소통을 위해 사용하는 도구. 누르면 딸깍 하는 소리가 난다―옮긴이), 배낭, 빗, 가슴줄, 가위, 포크, 로프, 캔 따개, 병, 휴대전화 등 우리가 상상할 수 있는 모든 도구가 그렇다.

모든 상황과 행동에 훈련 도구가 필요한 것은 아니다. 모든 개에게 도구가 필요한 것도 아니고, 그들 모두가 도구에 똑같이 반응하는 것도 아니다. 일부 아이들은 색다른 학습 방법―청각과 시각을 통한 학습 방법 또는 운동 감각을 통한 학습 방법—을 더 잘 받아들이는데, 개도 마찬가지다. 우리는 개별적인 존재로서 각각의 개를 대하고 함께 훈련해야 한다.

프롱 칼라(개가 갑작스럽게 달릴 경우 목걸이에 달린 고리가 목을 조여 고통을 주는 목줄—옮긴이)를 예로 들어보자. 그 형태가 잔인해 보이는가? 물론이다. 그것은 개의 구강 형태를 본떠 만들어졌다. 개들이 깨무는 것을 통해 서로의 행동을 교정하기 때문이다. 그것이 도움이 될까? 효과적일까? 효과가 있긴 할 것이다. 단, 그것이 잘 훈련되고 지식이 풍부하며 존중을 알고 책임감 있는 사람의 손에 들려 있다는 전제하에 말이다. 불행히도 프롱 칼라나 전기 충격 목줄 같은 도구들은 소통이 아닌 처벌을 기반으로 한 가혹한 구식 훈련 방식에서 인기가 있었다.

중요한 건 도구가 아니다. 그 도구 뒤에 있는 사람, 의도, 에너지가 중요하다.

나는 개 훈련 도구와 관련해 두 가지 문제가 있다고 본다. 첫째, 누구나 온라인 상점에서 그것들을 쉽게 구할 수 있다는 점이다. 둘째, 그중 많은 사람들이 도구를 사용하기 전 적절한 훈련과 교육을 받지 못한다는 것이다.

도구는 원래의 의도대로 사용될 경우에만 의사소통을 위한 매우 효과적인 통로이자 보조 수단이 될 수 있다. 각각의 도구는 특정한 필요를 충족시키기 위해 고안되었고, 이를 매우 효과적으로 수행하게 해준다.

문제는 도구가 아니다. 도구 뒤에 숨어 있는 사람, 의도, 에너지가 문제다.

훈련 도구를 적절히 사용하면 명확한 전달과 분명한 의사소통, 자신감과 자유를 키울 수 있다. 모든 개에게 훈련 도구의 도움이 필요한 것은 아니다. 그렇지만 우리가 반려견에 대한 존중과 책임감을 가지고 사용한다면 어느 개나 도구로부터 혜택을 볼 수 있다.

모든 상황과 행동에 훈련 도구가 필요한 것은 아니다.

모든 개에게 도구가 필요한 것도 아니고,

그들 모두가 도구에 똑같이 반응하는 것도 아니다.

바라지만 말고 본보기가 되자

반려견들은 자신이 처해 있는 상황에 대해 어떻게 느껴야 할지 우리가 알려주기를 기대한다. 우리가 자신들에게 신호와 지침, 지시를 제공해주기를 바란다. 우리는 외부 자극과 우리의 직접적인 통제 범위를 넘어서는 것은 통제할 수 없지만, 우리 자신과 우리가 미치는 영향, 다시 말해 외부 자극과 주위에서 일어나는 일에 어떻게 반응할 것인지는 통제할 수 있다.

우리는 반려견의 성격을 통제할 수 없지만, 성격의 특정 측면을 강조하거나 약화시킬 수는 있다. 욕구를 충족해주고, 침착함과 자제력을 유지하며 이끄는 모습을 꾸준히 보여주고, 때로는 단지 적극적인 지지자가 되어주는 것을 통해 그럴 수 있다. 이를 위해서는 우리의 알아차림, 실천 그리고 끝까지 해내는 노력이 정교하게 섞여야 한다. 물론 '신뢰와 존중'의 형성과 유지 또한 중요하고 언제나 필요하다.

반려견이 주어진 환경 안에서 있는 그대로의 모습으로 안전하고 편안하고 안정감을 느끼기를 원한다면, 우리는 침착하고 자신감 있는 리더이자 안내자, 길잡이 역할을 잘 해내야 한다. 다시 한번 기억하자. 개들은 본능적으로 긴장하고, 불안히고, 스트레스 많고, 조급하고, 불만이 가득한 부정적인 에너지를 믿거나 따르지 않는다. 절대로. 당신이라면 따르겠는가?

반려견이 균형 잡힌 차분한 마음 상태에 이르기를 원한다면, 우리가 그 상태를 먼저 보여주어야 한다. 우리는 반려견에게서 보고 싶은 모습이 어떤 것인지 몸소 본보기가 되어야 한다. 이것이 바로 개들이 우리가 현재에 더욱 집중하며 더 훌륭한 모습으로 발전할 수 있도록 우리를 가르치는 방법이다.

호흡은 우리의 지표다

　개들은 우리와 상호작용하는 매 순간 스스로에 대한 알아차림과 자기 성찰의 중요성을 알려준다. 그들은 우리에게서 신호와 지침을 얻으므로, 우리는 우리가 보여줄 수 있는 최고의 모습, 즉 감정에 동요하지 않는 차분함과 안정감, 참을성 그리고 자신감 있는 에너지를 발산하는 것이 중요하다.

　긴장하고 스트레스가 생기면 사람은 위축되어 모든 것을 '안으로 끌어당기는' 경향이 있다. 스스로를 지키고 보호하기 위해 움츠러든다. 근육이 경직되고, 호흡은 빨라지고 짧아지고 얕아진다.

　반려견과 함께 있다가 의심과 긴장, 초조함, 좌절, 불안이 스며들기 시작할 때도 우리는 똑같이 반응한다. 그럴 때는 잠시 멈추자. 그런 다음 무슨 일이 일어나고 있는지 깨닫고 인정하자. 이런 반응이 어디서 비롯되었을지 곰곰이 생각해보자. 두려움? 어떤 과거의 이야기? 가정? 그런 다음 심호흡을 몇 번 한 뒤 다시 집중하고, 다시 중심을 잡고, 마음을 가다듬고, 다시 시작하자.

그 이유가 호르몬이든 감정이든, 다른 무엇이든, 이성을 잃는 것은 인간의 본성이다. 우리가 스스로를 잘 알아차릴수록 감정적인 에너지가 반려견 혹은 공간을 함께하는 다른 누군가에게 전달되기 전에 마음을 다잡을 수 있다.

호흡은 우리의 상태를 나타내는 지표다. 그러니 심호흡을 자주 하자. 심호흡은 신경계의 자동 리셋 버튼과 같다. 모든 것을 안정시키는 데 도움을 주고, 우리의 모든 행동에 영향을 미쳐 강력한 파급 효과를 만들어낸다.

교정과 잔소리의 차이

행동을 '교정'한다는 것은 어떤 선택, 습관, 행동이나 마음의 상태에 동의하지 않는 것이다. 반대 의사를 표현한 다음엔 행동을 고치거나 개선된 행동으로 유도하는 노력이 따른다. 이 노력에 중요한 것들이 있다.

먼저 **타이밍이 중요하다.** 만약 반려견이 우리가 동의하지 않는 행동을 하고 있다면 교정이 필요한 상황이다. 효과적인 교정을 위해선 개가 잘못된 행동을 한 즉시 바로잡아 주어야 한다. 그래야 개가 그것이 잘못된 행동임을 인지할 수 있다.

다음으로 **에너지가 중요하다.** 행동 교정을 시작하기 전 우리가 어떤 에너지를 발산하고 있는지 점검해보는 것이 매우 중요하다. 인내와 확신을 가진 침착하고 안정된 상태에서 행하는 교정은 조급하고 초조하고 감정적이며 불만과 분노로 가득 찬 상태로 행하는 교정과는 완전히 다르게 받아들여질 것이다. 후자의 경우, 신뢰와 존중은 점점 약해진다. 동물들과 의사소통을 하는 전문가들은 이 차이를 이해하고 자신의 에너지를 조절한다. 그들이 '소리치는 사람'이 아닌 '속삭이는 사람Whisperer'으로 불리는 데는 다 이유가 있는 것이다.

반려견에게 지금 하고 있는 행동이 부적절한 행동이라는 것을 전달하는 방법에는 여러 가지가 있다. 먼저 개의 집중을 흩트리며 관심을 끌어야 한다. "안 돼!", "또-또!", "어-어!", "아야!" 등 짧고 날카로운 소리를 내고 개의 옆구리를 살짝 찌른다. 그러면 개가 집중하고 있는 것이 무엇이든 재빨리 관심을 돌릴 수 있다(누군가가 느닷없이 다가와 당신의 옆구리를 찌른다고 상상해보자. 당신은 하던 일을 멈추고 당신을 찌른 사람과 찔린 옆구리로 관심을 돌릴 것이다). 손가락을 튕겨 내는 '딱' 소리, 빈 페트병을 쭈그러뜨려 내는 소리, 펫 컨빈서Pet Convincer(사람에게는 들리지 않고 개에게만 들리는 소리를 내어 반려동물을 집중시키는 행동 교정 도구―옮긴이)로 내는 소리 등 많은 방법이 있다. 짧고 빠른 분위기 전환을 통해 먼저 개의 집중을 흐트러뜨린다. 그 이후에 지시와 '끝까지 해내기(반려견이 이해할 때까지 상황에서 벗어나거나 훈련을 끝내지 않는 것)'가 이어진다. 개가 순순히 따르면 칭찬을 해준다(개가 당신의 기대에 부응할 경우 차분하게 "잘했어!"나 "좋아!" 같은 말로 칭찬하며 보상해주어야 한다).

마지막으로, **강도가 중요하다.** 다시 말해 교정의 강도를 개의 마음 상태에 맞추는 것이 중요하다. 예를 들어 강도 8의 잘못된 행동에 대해 강도 2의 교정을 행한다면, 개의 주의를 끌지 못하고, 효과도 없을 것이다. 반면 강도 8의 잘못된 행동에 대한 강도 8의 교정으로 대응하는 것은 효과적일 것이다. 손님에게 불쑥 안기거나 신발을 살짝 물어뜯는 것과 같은 사소한 문제 행동에는 빠르고 이해하기 쉬운 낮은 강도의 교정이 필요하고, 개가 더 격렬한 상태임을 뜻하는 심각한 문제 행동에는 더 높은 강도의 교정이 필요하다. **효과가 있을 때만 교정이라 할 수 있다. 그게 아니라면 한낱 잔소리에 불과하다.**

행동 교정은 개가 적절한 행동과 부적절한 행동, 공손한 행동과 무례한 행동, 예의 바른 행동과 실례되는 행동의 차이를 이해하도록 돕는 중요한 행위이다. 규칙과 경계를 설정하고 지켜야 할 한계와 경계를 만들면 개가 안전하고 안정된 상태라는 느낌을 갖는 데 도움이 된다. 자연의 모든 것이 작동하는 방식에는 질서와 체계가 있다. 따라서 개들도 그에 대한 욕구가 있다. 우리가 그 질서와 체계를 제공하지 못하면 개라는 종의 요구를 거스르는 것이다. 그러면 불확실성과 혼란, 스트레스와 불안을 유발하는 불안정하고 불균형한 환경에서 개를 키우게 된다.

통금 시간도 규칙도 경계도 없는 어린이나 청소년들이 자꾸만 한계를 시험하고 어디까지 위기를 모면할 수 있을지 기회를 계속 엿보듯이, 개들도 똑같이 행동할 것이다.

우리가 아무런 노력도 요구하지 않은 채 애정과 관심을 쏟아 붓고, 간식과 장난감을 아낌없이 제공하고, 안락한 소파와 침대를 내어주며 집안에서 마음대로 뛰어다니도록 내버려 두는 건 매우 버릇없고, 이

기적이고, 고집 세고, 사나운 행동을 습관화시키는 셈이다.

우리에게는 배의 방향을 정하고 조종해나갈 의무가 있다. 믿고 존중하는 누군가가 배의 키를 잡고 인도하고 이끌 때, 개들은 긴장을 풀고 개다워질 수 있다.

우리가 허용한 행동은 계속될 것이다. 어떤 행동에 대해 우리가 적극적으로 반대 의사를 표하지 않으면 그것은 동의한 것과 같다.

약물 치료 이전에 교육을 해보자.

약은 행동 문제를 해결해주지 못한다. 더 깊은 치유가 필요한 상처에 반창고를 붙이는 격이다. 모든 행동은 표현의 한 방식이다. 내면의 어떤 힘이 외부로 드러나는 것이다. 무엇이 행동에 원인을 제공하고 영향을 미치는지 이해하고 이를 해결하기 위해 노력하는 것은 언제나 우리의 책임이다.

약물 치료는 겉으로 드러나는 표현을 멈추게 할 뿐 문제의 핵심에 도달하지 못한다. 신체 내부에 화학적이고 생리적인 변화가 일어나고, 그 과정에서 건강과 심신의 균형에 '전혀' 도움이 되지 않는 새롭고 다양한 문제가 생겨난다. 모든 시스템은 연결되어 있다. 따라서 우리가 문제 행동에 접근하는 방식에 따라 균형을 찾을 수도 있고, 오히려 더 큰 불균형을 초래할 수도 있다.

조건 없이 사랑하자

반려견들은 너무나 당연하다는 듯이 우리를 조건 없이 사랑한다. 함부로 판단하거나 비판하지 않으며, 자존심도 부리지 않는다. 무슨 일이 일어나든 어떤 상황이 벌어지든 똑같다. 우리가 집을 잃거나, 먹을 것이 다 떨어지거나, 저 멀리 던져주기로 한 공을 실수로 바로 앞에 던지거나, 일자리를 잃거나, 일시적인 감정에 젖어 잘못된 선택을 하거나, 만사가 잘 풀리지 않는 상황이더라도 반려견들은 조금의 망설임도 없이 우리에게 무조건적인 사랑을 베풀 것이다.

개들을 인간의 가장 친한 친구로 여기는 데는 이유가 있다. 특히 나에게는 그런 말이 더욱 의미가 있다. 개들은 나의 동반자다. 나의 가장 친한 친구이자 퍼밀리다. 퍼밀리는 내가 가장 좋아하는 표현으로 추천하고픈 책 『코요테의 일상The Daily Coyote』의 저자인 슈레브 스톡턴Shreve Stockton이 만든 용어다. 개들은 삶의 동반자일 뿐만 아니라, 내가 이 세상에 태어난 목적과 메시지를 함께 공유하는 동반자이기도 하다.

나는 아주 어렸을 때부터 동물들에게 둘러싸인 채 성장했다. 동물들은 그때나 지금이나 내 삶의 모든 측면에 있어 중요한 존재들이다. 나는 고속도로 위의 거북이들, 보도 위의 지렁이들, 날개가 부러진 비둘기들을 구하고, 버려지고 방치되어 특별한 도움이 필요한 동물들을 돌봤다. 닭 농장에서 병아리들을 '구조'하고, 세계자연기금WWF에 보내기 위해 집집마다 모금을 하러 다니며, 변화의 주체가 되기 위해 봉사하는 것이 내 인생의 목적이었고, 지금도 그렇다.

나는 창의적이고 음악과 예술에 재능이 있는 가정에서 태어났고 자연스레 무대 위에서 성장했다. 노래하고, 춤추고, 연기하는 공연 예술을 통해 언제나 엄청난 열정을 발산할 수 있었다. 음악은 나를 흥분의 도가니로 밀어넣었고, 덕분에 나는 멋진 추억을 많이 쌓을 수 있었다.

나는 공연을 할 때 가장 살아 있다는 느낌을 받았다. 이혼 가정의 아이로서 나의 이런 면을 알아보고 지지해준 유일한 사람은 어머니였다. 하지만 내가 열두 살이 되던 해에 집을 떠난 뒤로 우리 모녀의 사이는 매우 소원해졌다. 이후 나는 엄마가 인정해준 나의 재능까지도 외면하고 지냈다. 만약 내가 어머니와 함께 살면서 가던 길을 계속 갔다면, 지금도 여전히 무대 위에 있었을 것이다. 하지만 신은, 그리고 개들은 나를 위한 다른 계획을 가지고 있었다. 어쩌면 항상 알고 있었던 것 같다. 나는 훨씬 더 깊은 목적을 가진 일을 할 운명이라는 사실을 말이다. 좀더 넓은 세상에 메시지를 전하고, 치유와 긍정적인 변화 그리고 다시 연결되는 작업을 위해 일해야 한다는 것 말이다.

자라면서 나는 꽤 많이 좌절했다. 가슴 아픈 일도 많이 겪었고, 실망하고 실수를 저지르며 이런저런 작은 사고들을 지나왔다. 이혼과 파산도 겪었다. 끔찍하고 고통스러운 피부 질환에 시달렸고, 지나치게 살이 찐 적도 있다. 노숙자 생활을 하기도 했다. 절망에 빠져 우울증과 섭식장애를 겪었고, 자살 충동을 느끼기도 했다. 나는 사회적으로 고립된 상태였고, 외로웠다. 건강하지 못한 자아 개념을 가지고 있었다. 피해 의식에 휩싸인 채 시간을 낭비했다. 주위에 가족이 없었고, 친구도 많지 않았다. 나에게 힘을 실어줄 사람이 없었다. 오직 나와 개들뿐이었다. 나를 도와준 건 바로 개들이었다. 개들은 내가 항상 루비 슬리퍼(동화 『오즈의 마법사』에서 주인공 도로시가 신었던 마법의 신발로, 우리가 찾아 헤매는 것은 이미 우리 안에 있다는 것을 상징하는 물건—옮긴이)를 신고 있었다는 사실을 깨닫게 해주었다.

시저 밀런의 말을 다시 한번 인용하려 한다.

"우리가 만나는 개가 늘 우리가 원하는 개는 아닐 수 있지만, 언제나 우리에게 필요한 개인 것은 분명하다."

내 인생에 등장한 모든 개들은 개인적으로든 직업적으로든, 놀랄 만한 메시지와 가르침을 나에게 주었다.

나는 우리를 초월하는 힘과 지혜 그리고 모든 것의 근원이 존재한다고 믿는다. 또한 그 신성한 근원이 우리 각자를 위한 계획을 가지고 있어서 우리가 삶을 여행하는 동안 적절한 시기에 따라 누군가를 만나게 하고 어떤 상황들을 겪게 한다고 믿는다. 이토록 아름답고 정교하게 엮인 경험의 태피스트리를 통해 우리의 영혼이 성장하고 확장되는 것이다.

나는 신이 우리의 직감(우리 안의 GPS 시스템이라 할 수 있는 육감)을 통해 우리와 소통하고, 넌지시 찌르기도 하며, 사람, 자연, 동물, 예기치 못한 상황, 그리고 개들의 모습을 하고 우리를 찾아온다고 믿는다. 이것이 바로 세상이 우리가 가야 할 길을 보여주고, 단서와 안내를 제공하는 방식이다. 우연은 없다.

지금까지 나는 수많은 일들을 겪었고(지금도 겪고 있다), 살아남았다. 당신이 그런 것처럼. 그런 경험들이 나를 더 강하고, 자신감 있고, 현명하게 만들어주었으며, 앞으로도 그럴 것이다. 또한 그 경험들은 내 영혼이 간절히 원하던 내면의 훈련에 진정으로 집중하고 관심을 기울일 수 있도록 나를 일깨워주었다. 아직 완벽히 깨달은 건 아니지만 그 모든 고뇌와 심적 고통을 겪으며 스스로를 쓸모없는 존재라고 느끼던 세월이 나를 봉사하는 사람이 되도록 단련시켰던 것 같다. 온전함, 유대감, 사랑, 이해, 관계, 건강과 행복이라는 가장 중요한 메시지를 공유할 수 있는 곳으로 나를 이끌어 그것들을 공유하게 하려고.

섭식장애를 겪으며 나는 식단, 신체 건강, 스트레스를 관리하는 법을 배울 수 있었다. 그 배움은 건강한 생활 방식과 의사소통 그리고 마음챙김으로 이어졌으며, 다른 사람들도 그렇게 할 수 있게 도와주도록 나를 이끌었다.

피부 질환으로 고생하고 체중이 과하게 증가했던 경험을 통해서는 내면의 아름다움을 발견하고 키워나가는 법을 배웠다. 진정한 아름다움은 얄팍한 피부보다 깊은 내면에 자리하며 그리 쉽게 만들어내거나, 포장하거나, 주입하거나, 돈을 주고 구매할 수 있는 것이 아니다.

이혼은 내게 용서의 힘을 가르쳐주었고, 관계의 반복적 패턴과 그 안에서의 내 역할을 깨닫게 해주었다. 그뿐만 아니라 나의 가치와 자격에 대한 느낌에 확신을 갖게 해주었다.

가족이나 친구, 다른 지원군의 부재를 통해서는 나 자신 안에서 편안함을 찾고 스스로에게 의지하는 법을 배웠다. 내가 나의 영웅이자 지원군 그리고 가장 친한 친구가 되어주는 법을 배웠고, 그래서 더 이상 외롭지 않을 수 있었다.

파산을 통해서는 물질적인 것들은 있다가도 없어진다는 것, 그렇기에 물질에 의존하여 행복과 가치, 안전을 보장받으려 하면 그것들이 사라졌을 때 더 쉽게 부서지고 무너진다는 것을 깨달았다. 또한 돈을 대하는 태도는 우리의 자존감과 직접적인 관련이 있으므로 새롭게, 애정어린 관계를 맺어야 한다는 것도 배웠다.

집도 희망도 없던 시절을 지나면서는 절망 속에서도 기적을 믿어보는 법을 배우고 감사의 진정한 의미를 깨달았다. 대부분의 사람들이 당연하게 여기는 사소한 것들에 감사하게 되었다. 언제든 나오는 온수, 스위치를 누르면 바로 켜지는 전깃불, 잠을 잘 수 있는 편안한 침대, 몸을 따뜻하게 감싸주는 담요, 잠시 쉴 수 있는 안식처, 편리한 자동차, 개와 나를 위한 건강하고 영양가 높은 음식, 그 음식들을 저장하고 신선하게 유지해주는 냉장고, 내가 가진 책들과 그 책들을 쓴 멋진 작가들, 내 직업을 통해 만난 훌륭한 사람들까지… 감사한 것들이 너무나 많다.

마지막으로, 내 곁에 있어주던 개들을 통해 나는 많은 것을 배울 수 있었다. 진정한 충성과 헌신, 쉽게 무너지지 않는 회복 탄력성, 스스로에 대한 알아차림, 책임감을 가지고 의무를 다하는 것 그리고 앞으로 나아가려는 힘까지도.

인생의 가장 암울한 시기에 날마다 태아처럼 웅크린 채 누워만 있던 나에게 그만 일어나라고 부추긴 존재는 나의 사랑하는 반려견 터커였다. 나는 터커에 대한 책임감 때문에 밖으로 나가 자연 속을 걸을 수 있었다. 그 산책이 그날 내가 한 유일한 일일 때도 있었다. 나의 인생과 내 안의 외로움, 불행 그리고 고통을 다 끝내버리고 싶었지만 녀석에 대한 책임감이 나를 계속 살아가게 해주었다.

퍼밀리의 일원이자 나와 공간을 공유하거나 함께 훈련한 모든 개들이 나에게 많은 것을 가르쳐주었다. 그들 하나하나가 이 책 『개, 나의 털뭉치 동반자』 속에 담긴 교훈들의 영감을 제공했다. 내가 어떤 에너지를 지니고 있는지, 그 에너지가 어떤 모습으로 나타나는지, 말 없이 전달하는 메시지가 무엇인지 민감하게 인식하고 주의를 기울여야 한다는 것을 알려주었다. 그리고 무엇보다 완전하고 조건 없는 사랑이 주는 놀랍고 특별한 감정을 느끼게 해주었다.

우리는 모두 연결되어 있다. 인종, 종, 성별, 경제적 지위, 소득이나 연령 같은 인구 통계, 정치적 성향, 종교적 신념에 상관없이 우리를 연결하는 것은 사랑이다. 무조건적이고, 때 묻지 않고, 목적이 없는 사랑. 이타적이고 넓고 열려 있는 진정한 사랑이 우리를 하나로 묶어 우리를 '온전'하게 만든다. 사랑은 우리를 에고로부터 분리한다. 사랑은 우리가 비롯된 곳이며, 생이 끝난 뒤 다시 돌아가는 곳이다. 그런 의미에서 우리는 모두 영원하다. 우리의 육체는 유효기간이 있지만, 우리의 영혼은 그렇지 않다.

여러 시련들을 겪으며 나는 내가 얼마나 강한지를 깨달았다. 신체적인 어려움을 겪으며 질병 예방의 중요성과 함께 몸과 마음 모두 건강해야 한다는 것을 깨달았다. 두려움을 이겨내며 나의 신념과 용기를 느낄 수 있었다. 외로움, 절망 그리고 우울증을 통해 내가 눈에 보이는 것보다 훨씬 더 큰 무언가와 연결되어 있다는 걸 깨달았다. 어둠을 통해 내면의 빛을 찾았고, 개들을 통해 모든 것을 찾았다. 특히 기쁨과 무조건적인 사랑이라는 엄청난 선물을.

이 여정을 함께해준 모든 분들께 깊은 감사를 전한다. 이 책이 여러분에게 전부는 아니더라도 조금은 도움이 된 부분이 있었기를 진심으로 바란다.

(무조건적인) 사랑과 축복을 전하며,

킴벌리 A.

나의 인생과 내 안의 외로움, 불행 그리고 고통을 동시에 끝내버리고 싶었지만 녀석에 대한 책임감이 나를 계속 살아가게 해주었다.

어둠을 통해 내면의 빛을 찾았고, 개들을 통해 모든 것을 찾았다.
특히 기쁨과 무조건적인 사랑이라는 엄청난 선물을.

내 인생의 동반자였던 개들

인생에서 자신의 '목적'이 무엇인지 알아내려고 고군분투하는 사람에게 나는 어린 시절을 회상해보고 그때 시간 가는 줄 모를 정도로 빠져 있던 것이 무엇이었는지 떠올려보라고 조언한다. 언제 최고의 행복을 맛보았는지. 무엇에서 그토록 큰 기쁨과 만족감 그리고 비할 데 없는 성취감을 가득 느꼈는지. 내 경우에 그것은 동물이었다. 동물들은 내게 위안이자 기쁨, 그리고 열정이었다. 나는 늘 동물들에 둘러싸여 있었다. 어느 집에서 파티가 열리면 그 집의 반려동물과 같이 노는 '개'가 바로 나였다. 나는 세계자연기금World Wildlife Fund 잡지를 들고 이웃집들을 돌아다니며 문을 두드리고, 사람들에게 설명하고, 기부금을 모았다. 봉투 여러 장에 동전이 가득 차면 그것들을 테이프로 봉하고 스탬프를 찍어 진심 어린 사랑과 자부심을 담아 우편으로 보냈다(동전으로 가득 찬 그 봉투들이 제대로 도착했을지 지금까지도 궁금하다).

스키피

아홉 살이 되던 해에 나는 생애 최고의 크리스마스 선물을 받았다. 그 선물은 수컷 스프링어 스패니얼Springer Spaniel 강아지였고, 나는 녀석에게 스키피라는 이름을 지어주었다. 스키피는 온몸에 적갈색 반점이 있는 흰 강아지로 얼굴에는 주근깨가, 옆구리에는 하트 모양의 점 하나가 있었다. 녀석은 나의 자랑이자 기쁨이었다. 하지만 스키피는 상냥한 기질을 타고났음에도 불구하고 끔찍한 문제 행동을 하곤 했다. 그건 녀석의 잘못이 아니었다. 그것은 우리 가족이 스키피의 욕구를 충족해주지 못했고, 녀석을 가르치는 데 충분한 시간과 노력 그리고 에너지를 쏟지 않았기 때문이다. 억울하게도 스키피는 공포의 대상으로 낙인찍혔고, 그런 이유로 어머니는 녀석을 파양했다. 어느 날 학교에서 돌아와보니 그 어디에도 스키피가 없었다. 녀석이 사라진 것이다. 내 마음은 완전히 무너져내렸다.

터커와 로보

그로부터 18년 후, 나는 태어나서 처음으로 로보라는 수컷 개를 혼자 맡아 키우게 되었다. 그때 나는 내가 무슨 일을 하는지 알았을까? 아마 아닐 것이다. 하지만 나는 개를 기르는 법에 대해 열심히 배

내 인생의 동반자였던 개들 | **339**

우고자 했다. 로보는 모든 곳을 나와 함께 다녔고 덕분에 우리 동네에서도 유명했다. 나는 로보를 다양한 환경들과 상황들에 노출시켰고, 여러 명령과 재주를 가르쳤으며, 녀석이 가능한 한 사회 속에서 원만하게 지낼 수 있도록 최선을 다했다.

로보가 집에 오고 몇 년이 지난 후, 터커라는 새로운 수컷 강아지가 우리와 함께 살게 되었다. 로보는 멋진 형이 되어 터커를 돌봤다. 하지만 얼마 안 가 내 결혼생활에 문제가 생기자 로보가 변하기 시작했다. 사교적이고 느긋한 성격이었던 로보는 방어적이고 사나운 개로 돌변했다. 나는 가진 돈을 전부 로보의 훈련 비용으로 썼다. 총 여섯 명의 훈련사를 거쳤고, 마지막 훈련은 2주 동안 훈련사와 함께 생활하는 '기숙 훈련'이었다. 그 2주 동안 로보는 훈련을 잘 받고 새로운 환경에도 잘 적응했지만, 집으로 돌아오자마자 순식간에 다시 방어적인 성향을 보이고 공격적으로 행동했다.

나는 완전히 파산했기 때문에 로보를 다른 곳에 보내 더 많은 도움을 받게 하려고도 해보았다. 하지만 안타깝게도 녀석이 누군가를 물어버린 탓에 안락사 결정이 내려졌다. 내 평생 그렇게 목놓아 울어본 적이 없다. 이 일에 대한 자책을 멈추려고 아주 오랜 시간 애를 썼지만 지금도 매일같이 스스로를 탓한다. 로보는 내가 정신을 똑바로 차리지 못한 대가를 내 대신 치른 것이다. 내가 기운을 차려 책임감 있게 행동했어야 했는데 그러지 못한 탓이다. 이혼과 그로 인한 여파 그리고 끔찍이도 사랑하는 소중한 친구인 반려견을 둘러싼 문제들 때문에 나는 정서적으로 불안정했다. 기진맥진한 상태로 불안해하며 어찌할 바를 모른 채 이리저리 끌려다녔다. 매사에 머뭇거리며 나약했다. 그런 나에게 로보는 최고의 선생님이었다. 로보와의 이야기는 목줄의 한쪽 끝에 있는 인간이 왜 개의 마음과 행동에 그토록 큰 영향을 미치는지, 그리고 왜 내가 삶의 방향을 틀어 다른 이들을 가르치고, 그들에게 힘을 부여하는 목적이 뚜렷하고 열정적인 삶을 살게 되었는지를 분명하게 보여준다.

마치며

여러분도 알다시피 우리 모두는 자신만의 이야기를 가지고 있다. 그러니 실수나 실패, 사회가 정한 '훌륭하고' '완벽하고' '성공적인' 것 또는 '모든 것이 갖춰진' 삶에 부합하지 않는 그 어떤 경험일지라도 부끄러울 것은 전혀 없다. 발을 헛디디고, 곤두박질치고 우왕좌왕했던 모든 경험이 지금의 우리를 만든 것이다. 세상에는 나쁜 것과 좋은 것, 밝은 것과 어두운 것, 음과 양이 존재하는 법이다. 그렇게 우리는 공감과 이해, 지혜 그리고 연민 속에서 스스로와 타인을 위해 성장한다.

개들은 우리를 아름답고, 어떤 조건이나 대가 또는 목적 없이 사랑할 가치가 있으며, 완벽하게 불완전하고, 비할 데 없이 소중한 존재로 바라본다. 우리 모두 이런 시선으로 자기 자신을 바라보면 좋겠다.

만약 당신이 반려견을 키울 만큼 운이 좋다면, 녀석의 욕구를 충족해주는 것으로 사랑을 보여주기를 바란다. 그것은 삶의 균형과 가치를 높이고 우리의 사랑을 보여줄 수 있는 최선의 방식이다.

그리고 만약 당신이 도전 정신을 북돋우는 반려견과 함께할 만큼 충분히 운이 좋다면, 녀석이 당신의 삶에 전하는 교훈에 감사하며 마음을 열기를 바란다. 그러면 당신은 한 발짝 앞으로 나아가 더 큰 자신감을 가질 수 있을 것이다. 아니면 살짝 겸손해질지도 모르겠다. 어찌 됐든 관찰하고 인식하며 그 교훈을 받아들이자.

우리가 만나는 개는 언제나 우리에게 필요한 개다. 비록 그 당시에는 인식하지 못하더라도 말이다. 모든 개들은 인생의 특정한 시점에 우리가 도전을 받아들일 준비가 가장 잘 되어 있는 영역에서 등장해 우리로 하여금 도전하게 한다.

개들은 세상이 우리에게 요구하는 모습 이면에 있는 우리의 본질적인 모습을 기억하라고 격려한다. 우리는 조건 없이 스스로를 사랑하도록 상기시켜준 개들 덕분에 세상에 나가 다른 사람들도 그렇게 사랑할 수 있을 것이다. 이것이야말로 그 어느 때보다 세상이 지금 더 필요로 하는 것이다.

개, 나의 털뭉치 동반자

1판 1쇄 인쇄 2023년 10월 10일
1판 1쇄 발행 2023년 10월 20일

지은이 킴벌리 아틀리
옮긴이 이보미
펴낸이 이선희

책임편집 전진
편집 구미화 최정수
독자 모니터링 박소연 이원주
저작권 박지영 형소진 최은진 서연주 오서영
디자인 이정민
마케팅 정민호 박치우 한민아 이민경 박진희 정유선 정경주 김수인
브랜딩 함유지 함근아 박민재 김희숙 고보미 정승민 배진성 박다솔 조다현
제작 강신은 김동욱 이순호
제작처 영신사

펴낸곳 (주)나무의마음
출판등록 2016년 8월 25일 제406-2016-000107호
주소 10881 경기도 파주시 회동길 210
문의전화 031-955-7972(마케팅) 031-955-2673(편집) 031-955-8855(팩스)
전자우편 sunny@munhak.com

ISBN 979-11-90457-29-3 03840

○ 나무의마음은 (주)문학동네의 계열사입니다
○ 잘못된 책은 구입하신 서점에서 교환해드립니다.
　기타 교환 문의: 031-955-2661, 3580

www.munhak.com